여자의 모든 인생은
자존감에서 시작된다

내 삶을
풍요롭고
건강하게
이끌어갈
단 하나의 선택

여자의 모든 인생은
자존감에서 시작된다

남인숙 지음

자존감을 키워주는 착한 거울의 힘

오랜 시간 고민이 많았다. 어떻게 하면 이 고된 세상을 무사히 살아낼 수 있을까, 그리고 생존 이후의 삶은 어떻게 잘 꾸려가야 하는 것인가. 그 고민의 결과로 책도 여러 권 나왔고 많은 독자들에게 조언을 해줄 수도 있었다. 그런데 그런 경험들이 쌓여갈수록 원인과 해결책이 깔때기처럼 하나로 모아지는 것을 느낄 수 있었다. 다름 아닌 '나를 존중하고 사랑하는 마음', 즉 자존감이었다.

자존감은 그 자체로만 독립적으로 존재하는 게 아니라 우리의 인격, 능력, 건강까지 구석구석 영향을 미치는 필수 요소다. 알고 보니 우리는 자존감 없이 생존할 수도, 좋은 질의 삶을 살 수도 없는 존재더라는 말이다. 자존감이 단단하기만 하다면 우리는 불가능해 보이는 많은 문제에서 해결책을 찾을 수 있다. 이런 깨달음 이후 언젠가는 꼭 자존감만을 다루는 책을 써야겠다고 생각했고 틈틈이 자료를 모으기 시작했다.

하지만 이 자존감에 대해 공부를 하면 할수록 일종의 모순이 느껴졌다.

요 근래 많이 소비되고 있는 단어인 '자존감'은 사실 국어사전에도 나오지 않는 심리학 전문 용어다. 19세기의 미국 심리학자 윌리엄 제임스의 논문에 처음 등장한 이 단어는 이후 수많은 학자들에 의해 다뤄져 심리학의 기본 개념 중 하나가 되었다. 그런데 심리학 태생의 이 자존감이라는 단어는 해결책보다는 문제 중심으로 연구되어 왔다. 심리학에서는 우리 인격의 상당 부분이 어린 시절 노출된 여러 조건에 의해 형성된다고 보는데 자존감도 마찬가지다. 어린 시절 좋은 부모를 만나 적절한 정서적 여건을 제공받아야 건강한 자존감을 가질 수 있는 것이다. 만약 그만큼 운이 좋지 못했다면? 이론적으로는 별 뾰족한 방법이 없다. 그래서 자존감에 대한 상당수의 책들이 당사자보다는 부모들을 위한 육아교육서인 것이다.

이건 아무래도 억울하다는 생각이 들었다. 내 인생에서 가장 중요한 자존감이 전적으로 부모의 의지와 역량에 달려 있지만 막상 내가 어른이 되어 이걸 인식했을 때에는 이미 늦은 것이라니. 정통의 이론 그대로라면, 어른이 되어 주체적으로 자존감을 재건하고 싶어져도 우리는 무력하게 낮고 불안정한 자존감을 안고 살아갈 수밖에 없다. 내 탓이 아니라는 위로에만 만족한 채 말이다.

그러나 살면서 보니 어린 시절의 낮은 자존감을 극복하고 건강하고 빛나는 자존감으로 살아가는 사람들이 생각보다 많았다. 나 자신도 굳이 분류하자면 그런 사람에 가깝다. 자존감을 스스로 재건한 사람들의 발자취를 따라가 보니 거기에는 예상을 벗어나는 특징들이 있었다.

그중 가장 눈에 띄는 것이 골방에 스스로를 가두고 자존감을 찾아 내면의 우주를 여행하기보다는 용기를 내어 세상 밖으로 나갔다는 것이었다.

자존감은 분명 마음의 일이지만 외부 세계와의 작용을 통하지 않고서는 그 어떤 변화도 기대할 수 없다. 그러니 '긍정적으로 살자', '나를 사랑하자'는 스스로의 다짐에 반응하지 않는 자아에 실망해 왔다면 변화의 방향을 바꾸어야 한다.

자존감은 세상이라는 거울에 비친 나 자신을 사랑스럽게 들여다보는 일이다. 그런데 그 거울이 더럽거나 표면이 왜곡돼서 나를 못나게만 비춘다면 어떻게 될까? 거울이 잘못되었다는 사실을 알게 되는 것까지도 쉽지 않은 일일뿐더러, 그걸 깨닫게 되더라도 눈에 보이는 못난 모습에서 아름다움을 찾아내기도 힘들 것이다. 사람은 오감을 벗어나는 존재에 대한 믿음을 오래 유지할 수 있는 존재가 아니기 때문이다.

따라서 자존감을 키우는 일은 내 곁에 좋은 내 모습을 비추는 착한 거울들을 두는 일에서부터 시작해야 한다. 나 역시 나쁜 거울이 차지하던 자리를 착한 거울로 채우자, 삶은 빠르게 달라지기 시작했다. 나는 달라진 게 없는데 보다 감정적으로 자유로운 삶을 살게 되었고, 나중에는 나와 나를 둘러싼 모든 것들이 실제로 변했다. 나는 이 책을 읽는 독지들이 나와 같은 경험을 할 수 있기를 바란다. 이 책은 당신을 일그러진 모습으로 비추는 나쁜 거울을 치우고, 그 자리에 착한 거울을 둘 수 있게 도와줄 것이다.

이제 자존감을 자신의 마음을 읽고 조종하는 추상의 세계에서 호흡이 닿는 물질의 세계로 끌어내어 만나보자. 그것을 마주할 약간의 용기만 있다면, 당신은 원하는 답을 찾을 수 있을 것이다.

차례

1장

타고나지 못한 자의 희망

4장

나를 위해 용기를 내다

5장

나를 위한 성을 짓다

1장

타고나지
못한 자의
희망

'진짜 나'는 어디로 갔을까

모르는 사람을 사랑할 수는 없다

> 우리는 우리 자신을 잘 알아야 한다. 설령 그것이 진리를 발견하는 데 도움이 되지 않는다 하더라도 적어도 자기 삶을 살아나가는 데에는 도움이 될 것이고, 그보다 더 적절한 것은 없다.
>
> ―블레즈 파스칼(Blaise Pascal)

인간이 행복이라는 것을 입에 올리기 시작한 건 그리 오래된 일이 아니다. 삶의 질보다는 생존이 우선이었고, 생존을 위해서는 개인을 보호해 줄 공동체의 가치가 개인의 행복보다 앞섰다. 그 공동체의 가치가 바로 기독교였고, 교리가 곧 철학이었던 엄혹한 시절에 행복이라는 낯선 개념을 양지로 끌어내 사유했던 최초의 철학자가 파스칼이다. 그의 사상은 오늘날까지 인생과 행복, 사랑에 대해 영감을 주고 있다. 그런 파스칼 역시 강조했던 것이 자기 자신에 대한 이해였다.

삶의 질과 인격 전반의 바탕이 되는 게 자존감인데, 자신을 모르면서 사랑한다는 게 가능한 일일까?

인생의 일정 시기를 벗어나면서 알게 된 사실 중 하나는 첫눈에 반한 사랑만큼 못 믿을 게 없다는 것이다. 그동안 우리의 낭만적인 정서에 따르면 그런 사랑은 곧 운명을 의미했다. 단번에 사랑에 빠진다는 것이 워낙 희소한 일이라 의미를 부여하게 되지만, 이는 자기 취향의 외모와 태도가 조합된 결과일 뿐이다. 단번에 마음에 쏙 들 만큼 훌륭한 첫인상을 가졌고 그쪽도 날 좋아할 확률이 복권 당첨 수준으로 희박하니, 다른 의미에서 운명이라고 할 수도 있지만 말이다.

사정이 이러니, 첫눈에 반했다는 것이 그 사랑을 잘 유지할 수 있을 거라는 낙관으로 이어질 리 없다. 그 사람에 대해서 아는 것이 없기 때문이다. 첫눈에 반해서 느닷없이 결혼한 커플들은 얼굴도 보지 않고 결혼했던 옛 정략결혼의 희생자들과 별반 다를 것 없는 과정을 거친다. 그 단계에서 운명적인 사랑 따위의 개념은 대체로 소거된다.

나 자신에 대한 사랑은 운명적인 사랑처럼 무조건적이어야 하는게 맞지만, 그만큼 이해해야 한다는 조건도 따른다. 납득할 수 없는 행동을 자꾸만 하는 상대를 계속 사랑하기란 정말 힘든 일이다. 사랑의 감정이 밑에 깔려 있어도 관계가 자꾸 삐걱거린다. 이쯤 되면 사랑이 오히려 불행의 원인이 된다. 내가 왜 이렇게 생각하고 행동하는지 이해할 수 있어야 좀 더 쉽게 사랑할 수 있고, 사랑받을 만한 존재로 거듭날 수 있다.

그러나 자신에 대한 이해도가 높은 사람은 그리 많지 않다. 그래서 좋은 자존감을 가진 사람들도 흔하지 않은 것이다.

역설적이게도, 우리 모두는 실은 자신에 대해서 관심이 참 많다. 오래전 인쇄 매체부터 요즘의 인터넷 게시물에 이르기까지, 심리테스트는 흥행에 실패하지 않는 콘텐츠다. 사람들이 점을 보러 다니는 것도 미래에 대한 궁금증보다는 역술가가 자신이 어떤 사람인지 말해 주는 것을 듣기 위해서다. 인간은 깨어 있는 시간의 90퍼센트 이상을 자신에 대해 생각하며 보낸다고 심리학자들은 말한다. 그런데도 자기 자신에 대해 잘 모른다.

알고 보면 자신에 대한 이해란 공기에 대한 이해만큼이나 어려운 일이다. 분명히 존재하기는 하지만 의식하기가 어렵다. 바람이 불어 옷자락을 여미거나 고산지대에서 희박한 공기 때문에 고생할 때, 혹은 아주 공기가 맑은 곳에서 첫새벽 창문을 열 때, 우리는 공기의 존재 양식과 성질을 이해하게 된다. 마찬가지로, 우리의 자아도 그 자리에 머문 채 남이 해석해 주기를 기다린다고 이해되는 게 아니다. 스스로를 여러 상황에 놓아보고 그에 반응하는 자신을 관찰할 때에만 진정한 이해가 뒤따르게 된다. 귀찮거나 두렵다고 안주하기보다는 새로

운 사람을 만나보고, 새로운 공부도 해보고, 새로운 곳도 가보며 자신을 성찰하는 것이 중요하다.

자신을 이해하는 사람은 '맥락 있는 사람'이다. 자신의 취향과 가치관을 뚜렷이 알고 있기 때문에 그에 맞게 일관된 선택을 하기 때문이다. 좋고 나쁘고를 떠나 왜 저런 행동을 하는지 이해할 수 없는 사람들을 종종 본다. 그런 사람들은 한 가지 행동과 그다음에 따라오는 선택이 맥락 없이 뚝뚝 끊어져서, 전체적으로 뭘 하려는지, 어떤 사람인지 이해할 수가 없다. 이는 기인(奇人)의 행동 양식과도 다르다. 특이한 가치 체계를 가진 기인들의 행보 역시 예측할 수 없을 뿐, 나름의 맥락이 있다.

맥락 없는 사람들이 그렇게 행동하는 건 자기 이해에 따른 철학과 행동 양식의 흐름이 없기 때문이다. 그때그때 기분이나 상황 혹은 아무도 알 수 없는 원인에 의해 판단을 내리고 움직인다. 이런 사람들은 어떤 공동체에서도 존중받지 못하며, 자기 자신에게도 비슷한 취급을 받는다.

'진짜 나'만이 힘을 갖는다

> 남을 아는 것이 지혜라면 자기를 아는 것은 밝음이다.
> 남을 이기는 것이 힘이라면 자기를 이기는 것은 진정한 강함이다.
>
> —노자(老子)

K가 S를 처음 만났을 때의 인상은 이렇게 멋진 여자가 다 있구나 하는 것이었다. 둘은 금세 친구가 되어 SNS 친구도 맺고, 1년에 몇 번은 만나서 소식을 주고받았다. 해외 명문대를 나온 프리랜서 홍보 전문가로서 화려한 인맥과 미모, 친절함까지 겸비한 S는 그야말로 모든 것을 갖춘 존경스러운 친구였다. 그녀의 SNS에는 각계의 유명인들과 찍은 사진들이 즐비했고 잡지에 실린 인터뷰도 자주 올라왔다. 항상 유행을 앞서가는 감각 덕인지 SNS에서 인기도 좋았다. 그런데 그녀와의 친분은 흥미로우면서도 어딘가 불편한 데가 있었다. K는 그것이

질투나 부러움이 아닐까 생각하며 스스로를 타이르곤 했다.

어느 날 K는 홍보 전문가를 소개해 달라는 선배의 부탁에 바로 S를 연결시켜 주었다. S라면 누구에게라도 자신 있게 소개해 줄 만한 사람이라고 생각했다. 그런데 한 달이 지난 후 선배가 곤란한 목소리로 전화를 걸어 왔다. S가 홍보 전문가가 맞느냐는 것이었다. 그동안 실속 없는 제안서만 몇 차례 오고 가며 지지부진한 데다, 기본적인 업무 능력도 없어서 난감한 상황이라는 것이었다. 이어서 전해 들은 말은 더 충격적이었다. 알고 보니 S가 다녔다는 해외 명문대는 누구나 조금만 공부하면 들어갈 수 있는 외국인 대상 과정이었고, 그나마 수료하지도 않았다는 것이다. 그녀가 참여했다던 대기업 캠페인도 기획자가 아닌 업무 보조 스태프로 잠시 있다 중도 하차한 것이었다. 선배에게 큰 실수를 한 셈이 된 K는 빌다시피 사과를 하고 비싼 밥도 사야 했다.

선입견을 버리고 바라보니 S는 실체가 없는 사람이었다. 유명 부촌의 골목길에서 찍은 사진을 집 앞 마실 나온 것처럼 자주 올려서, 사람들은 그녀가 당연히 그 동네에 사는 줄 알고 있었다. 알고 보니 그녀의 집은 전혀 다른 곳이었다. 유명인들과의 인맥도 적극적인 성격의 그녀가 부지런히 들이댄 결과 사진 몇 장으로 남은 얄팍한 것이었다. 매체와의 인터뷰 역시 K처럼 그녀를 업계 유망주로 착각한 지인들이 아는 기자에게 소개시켜 준 결과였다.

따지고 보면 S는 거짓말한 게 하나도 없었다. 명문대, 부촌의 집, 경력, 인맥, 모두 사람들이 추측할 수 있는 사진과 글로 포장했을 뿐 직접 언급한 적이 없었다.

K가 이제까지 보아왔던 S의 모습은 진실이 아니었지만 거짓도 아니었다. 따라서 K가 S에게 느낀 실망감도 대놓고 말하기에는 애매한 면이 있었다. K는 S에 대해 느껴왔던 불편함의 정체가 이거였구나 싶어서 그녀를 멀리하기로 했다. 나중에야 자신처럼 크고 작은 피해를 본 지인들이 있다는 걸 알게 되었다. 몇 년 후 S는 SNS에서도 완전히 사라졌고, 그녀가 어떻게 지내는지 소식을 아는 사람은 없었다.

어쩌면 사람들은 누구나 어느 정도는 S와 비슷할지도 모른다. 자신이 보이고 싶은 면만 보이도록 삶을 편집해서 노출하는 건 자연스럽기도 하고 필요한 일이기도 하다. 그러나 S의 케이스가 안 좋은 이유는 본질이 진짜가 아니기 때문이다. 바람직한 인생 편집은 진짜 자기 모습을 돋보이게 하기 위해 불필요한 부분을 잘라내는 것이다. 반면 S의 경우는 의미는 없지만 좋아 보이는 삶의 자투리들만 모아 엮어 전체 결과물은 가짜인 '악마의 편집'이다. S와 같은 사람들에게는 자신이 진짜 바라는 삶의 모습이 뚜렷하지 않다. 홍보 전문가 간판을 내걸었지만 홍보 전문가로서의 정체성은 없고, '잘나가는데 미모와 감각까지 갖춘 홍보 전문가의 이미지'를 자아로 내세우는 식이다. 그러다 보니 정작 필요한 실력을 쌓을 동기도, 시간도 없다.

S가 인생 편집을 시작한 것은 부족한 자존감을 채우기 위해서였을 것이다. 유명 인사들과의 친분, 자신이 봐도 근사한 편집된 모습, 사람들의 찬사 등이 위축된 자아를 잠시나마 기 펴게 해주었을 것이다. 그

러나 가짜 자아는 너무나 연약하다.

우리는 어떤 경우든 '진짜 나'로 삶을 살아야 한다. 조금이라도 일을 덜 하는 쪽으로 진화된 뇌는 진짜가 아닌 내가 되어 생각하고 행동해야 할 때 혹사당한다. 그래서 진짜 자아의 힘을 키울 에너지가 남아나지 않는다. 가짜 자아로 아무리 좋은 인상을 주어도 그렇게 해서 찾아오는 기회는 진짜 모습이 들통나는 순간 의미가 없어진다. S에게 아주 기본적인 실력만 있었어도 주어진 기회들은 '쇼'로 끝나지 않고 진짜 삶으로 연결됐을지도 모른다. 우리 주변에는 인생을 멋지게 편집하는 재능 덕에 실력 이상으로 인정받는 사람들도 많으며, 그것도 실력의 일부로 인정받는다.

멋진 모습으로 편집된 사람들을 벤치마킹하려 한다면 보이는 것보다 보이지 않는 진짜 나를 알고 그 자아의 모습으로 전력 질주하는 일에 더 주목해야 한다.

진짜 나로서 사는 삶에 집중하자. 화려한 가짜 자아가 아니라 오로지 진짜 자아만이 자존감을 가질 수 있다.

어린 시절 프로그래밍된 대로만 살 것인가

자존감은 우리 안에 입력된 프로그램이다

어떤 이들은 자신의 행동은 인식하지만 그 행동을 결정한 원인은 모른다. 이런 사람들이 말하는 '자유'라는 것은 자기 행위를 결정하는 원인을 하나도 모른다는 전제 위에서 성립하는 개념이다. 그들은 의지가 무엇이며, 그 의지가 어떻게 몸을 움직이는지 알지 못한다. 그들은 무지하지만 안다고 잘난 척하면서 본부를 차지하고 그곳에 머무는 영혼을 발명해 낸다. 그리고 그런 모습은 조소와 혐오감을 불러일으킨다.

—바뤼흐 스피노자(Baruch de Spinoza)

스피노자는 심리학이라는 말이 생기기 이전의 시대를 살았으면서도 인간 사고의 작동 원리를 알고 있었던 것 같다. 우리는 자유의 지대로 생각하고 말한다고 여기지만, 그렇지 않다. 예를 들어, 온라인 게임을 할 때 가상의 세계 안에서 마음껏 유영하는 것만 같다. 하지만 내게 주어진 자유라고는 몇 가지 선택지 안에서 무언가를 고르는 것일 뿐, 개발자가 설계해 놓은 세계관 밖으로는 한 발짝도 나가지 못한다. 우리의 의식도 알고 보면 이런 게임 프로그램과 비슷하다.

사람의 뇌는 생물학적으로 보면 에너지를 잡아먹는 골칫거리다. 고작 몸무게의 2퍼센트를 차지하면서도 열량의 20퍼센트를 소모하기 때문이다. 그래서 뇌는 최대한 생각을 아끼도록 진화했다. 자동으로 반응하는 생각과 행동의 체계를 만들어서 깊이 생각하지 않아도 무언가를 할 수 있게 해놓은 것이다. 이 체계는 여러 가지 요소의 영향을 받아 오랜 시간에 거쳐 완성되는데, 반드시 좋은 선택을 하게끔 형성되는 것은 아니다. 뇌가 이런 프로그램을 짜는 목적은 지금 이 순간의 개체의 생존, 그뿐이기 때문이다.

대학생 A는 또다시 남자 친구와 헤어지고 슬퍼하는 중이다. 그녀는 1년에 몇 번은 연애를 하는데 매번 끝이 안 좋다. 이번에도 점점 자신에게 소홀해지고 말이 안 통하는 남자 친구에게 그녀 쪽에서 먼저 이별을 통보했다. 늘 자신감이 없는 A가 축 처져 기가 죽어 있는 걸 보고 단짝 친구는 따뜻하게 위로해 주었다.

"너도 참 남자 복이 없다. 어떻게 만나는 남자들마다 그 모양이니? 예쁘고 붙임성 있고 성격도 여린 네가 남자들한테 그런 대접을 받을 이유가 없잖아."

친구의 말처럼 장점이 많은 덕분인지 그녀는 머지않아 또 새 남자 친구를 만나게 되었다.

막 시작한 남자 친구와의 데이트 장소로 향하던 어느 날, 친구가 어두운 표정으로 그녀에게 말을 걸어 왔다.

"네 새 남자 친구가 학회 회장 언니와 사귀고 있던 사람이라던데, 그게 사실이야?"

A는 잠시 뜨끔했지만 친구의 말을 부정할 수는 없었다.

"뭐, 사귀는 사람이 있다는 건 알았지만 그게 그 언니인 줄은 몰랐지. 어차피 헤어지려던 참이라고 했거든."

친구는 뭔가 할 말이 많은 표정이었지만, 남한테 상처 주지 말라는 알쏭달쏭한 말 한마디만 하고 그녀를 놓아주었다.

그러나 그 연애도 머지않아 끝이 나고 몇 달 후 그녀는 또 다른 사람을 사귀었다. 이번에도 연애의 끝이 보일 무렵 함께 술을 마시며 A가 푸념을 늘어놓았다. 그러자 갑자기 친구가 화를 내며 그녀의 말을 가로챘다.

"너, 이제 그만 좀 해! 그동안 네가 여자 친구 있는 남자만 골라서 가로챈 걸 내가 모를 줄 알아? 지금 애들 사이에서는 너 조심하라고 난리가 났어. 대체 왜 그러는 거야? 남의 남자 뺏는 게 재밌어? 너, 그렇게 상습적으로 다른 사람한테 상처 주면서 살면 안 돼."

술김인 데다 친구가 아픈 곳을 찔러대자, A도 부아가 나서 맞받아 쳤다.

"잘 알지도 못하면서 함부로 말하지 마. 커플인 남자만 고르는 게 아니라 마음에 들 때마다 하필 여자 친구 있는 사람인 걸 낸들 어쩌라고? 그쪽에서 먼저 연락하고 안달하니까 마지못해 받아준 거야. 내가 너무 좋다니까, 나 아니면 안 되겠다니까. 넌 연애도 한 번 못하니까 남자들한테 인기 있는 여자들 보면 열등감 느껴지니?"

나오는 대로 말을 뱉어놓고 아차 싶었는데, 아니나 다를까 친구의 얼굴이 흙빛이 되어 있었다.

"네가 뭔가 잘못돼도 한참 잘못됐다는 걸 확실히 알겠어. 네가 말한 그 열등감이라는 말, 딱 너한테 해당되는 말이야. 이제 네 삐뚤어진 연애담 따위 들어줄 일 없을 거야. 다시는 연락하지 마라."

A는 친구가 가고 난 뒤에 주저앉아 한참을 울었다. 부끄럽고 마음이 아팠지만, 뭐가 어디서부터 잘못된 것인지 알 도리가 없었다.

A는 여러 사람을 힘들게 하는 것처럼 보이는데, 사실 가장 고통받는 건 자기 자신이다. 연인을 잃은 여자들이야 앞으로 더 나은 남자를 만날 기회가 생길 것이고, 친구들도 떠나면 그만이다. 하지만 본인은 자꾸만 고통을 자처하는 자신을 평생 끌어안고 살아야 한다. 친구의 짐작대로, A는 다른 사람의 연인을 빼앗아 부족한 자존감을 채우는 쪽으로 삶에 적응한 사람이다. '마음이 가는 사람이 하필 남의 연인이더라'는 말은 거짓이 아닐 것이다. 어쩌다 보니 낮은 자존감을 해

소하는 방식이 애인을 뺏긴 여자들에게 우월감을 느끼는 쪽으로 길이 나게 되었고, 연애를 하고 있는 남자에게만 매력을 느끼도록 취향도 변질되었을 것이다. 교감이나 기호와 상관없이 시작한 남자와 좋은 관계를 유지할 리가 없으니 그녀 안의 결핍된 무언가는 웬만해서는 채워지지 않는다. 그녀의 불안정한 자존감은 이제까지처럼 연인을 빼앗으면서 자기 매력을 확인받는 것으로 유지될 수도 있고, 다른 쪽으로 옮아갈 수도 있다. 확실한 건 그녀가 자신의 프로그램을 뜯어고치지 않는 한, 언제나 나쁜 선택을 할 수밖에 없으리라는 사실이다.

그렇다면 프로그램을 뜯어고치는 게 가능하기나 할까? 사람은 쉽게 변하지 않는다는데 이만큼 나이 들 때까지 생성되어 굳어진 것들을 고칠 수 있을까?

자존감을 키우는 일은 다이어트와 같다

❧ 미덕에는 지적인 미덕과 도덕적인 미덕, 두 가지가 있다. 지적인 미덕은 교육에 의해 생겨나기도 하고 성장하기도 하는데, 그러자면 경험과 시간이 필요하다. 한편 도덕적인 미덕은 습관의 산물이다.

—아리스토텔레스(Aristoteles)

자존감은 아리스토텔레스가 말한 미덕 중 두 가지 모두에 해당되는 것으로 보인다. 자존감이 현대에 와서야 조명된 '정서적 지능'의 일종이어서 그렇다. 그래서 아리스토텔레스가 말한 교육, 경험, 시간, 습관 등의 요소가 모두 갖추어지면 자존감도 길러질 수 있다. 그러나 수년간 수없이 받았던 "어떻게 하면 자존감이 길러지나요?"라는 질문은 한마디로 대답할 수 있을 만큼 간단하지 않다. "어떻게 하면 다이어트에 성공할 수 있나요?" 하는 질문에 "음식을 조금만 드세요"라고 대답하는 것만큼이나 뻔하고 무책임해질 수 있다.

사실 어른이 되어 스스로 자존감을 기르는 일은 다이어트와 공통점이 많다.

좋은 유전자와 습관을 물려준 부모를 둔 사람이라면 특별히 노력하지 않아도 이미 좋은 자존감과 몸매를 가지고 있다. 게다가 똑같이 노력해도 누군가는 효과가 금방 나타나고, 다른 누군가는 요지부동이다. 불공평하게 느껴지지만 내가 고통받고 있고 거기서 벗어나고 싶다면 억울해할 게 아니라 뭐라도 해야 한다.

또한 성공하는 게 결코 쉽지는 않지만 불가능한 일도 아니다. 기전을 이해하고 필요한 일들을 꾸준히 하면 반드시 결과는 나타난다. 그러나 의식 건너편의 본능이 시키는 일들을 무시하기란 어려운 일이라, 어느 순간 폭주해 버리고는 포기하기 일쑤다.

다이어트든, 자존감을 기르는 일이든, 정말 성공하려면 그 전까지와는 전혀 다른 삶을 살아야 한다. 일회성 프로젝트로 그치는 게 아니라 '날씬한 사람의 삶', 혹은 '자존감 있는 사람의 삶'이 공기처럼 일상화되어야 하는 것이다.

정도가 심한 경우에는 의학의 도움을 받을 수도 있겠지만, 앞서 말한 조건이 충족되지 않는다면 효과는 일시적이고 부작용만 낳을 수도 있다.

이런 노력들 없이 단숨에 문제를 해결해 준다는 단일 처방이 있다고 말하는 사람들은 모두 사기꾼이다.

자존감을 기르는 것은 다이어트처럼 최종 목표만 바라보면 막막하기 짝이 없다. 그러나 매일 나를 움직이는 습관을 의식하고 조금씩 좋은 쪽으로 고쳐나가다 보면 문득 새로운 나를 거울 속에서 마주하는 날이 온다. 이 책에서는 자존감에 득이 되는 방향으로 세부 사항을 바꾸어나가는 구체적인 방법들을 차례로 소개할 것이다.

알고 보면 자존감에 관한 일은 자존감에만 연관되지는 않는다. 나를 구성하고 조종하는 모든 자동 사고와 습관에 반기를 들고 조금씩 내 의지로 끌어와야 한다. 어느 세월에 이 작업을 해내겠냐고 한숨을 쉬며 포기하고 싶겠지만, 그냥 나를 놓아버리고 보내는 3년과 한 방향으로 거북이만큼이라도 나아가는 3년은 엄청나게 큰 차이가 난다.

무엇보다 희망이 있다면 자존감을 기르는 과정에는 다이어트와 같은 고통은 없다는 것이다. 제대로 방향을 잡기만 한다면 오히려 날마다 즐거워진다. 내 안의 자존감을 찾아 떠나는 것은 낯선 곳으로의 여행과 같아서, 출발의 순간에는 불안하지만 이후의 모든 단계에서 이제까지 알지 못했던 벅찬 감정을 느끼게 될 것이다.

자존감 키우기는 다이어트처럼 무리하지 말고 실망도 하지 말고 꾸준히 앞으로 나아가야 하는 것이다.

부모가 못했다면 내가 나를 키운다

낮은 자존감의 슬픈 범인, 부모

나는 학대당하며 자란 건 아니었다. 나의 부모님은 그런 비인도적인 행위를 아예 할 줄조차 모르는 사람들이었다. 그러나 개입해 주는 사람이 전혀 없었던 까닭에 내게는 끔찍한 자기만족적 성향, 곧 상상 속 재미만 추구하는 능력이 생겼다. 내가 한참 늦되었던 것이나 사랑 문제에 관한 한 아직도 종잡을 수 없는 야만인으로 남아 있는 게 다 그 때문인 것 같다.

—조지 버나드 쇼(George Bernad Shaw)

극작가 버나드 쇼의 어린 시절은 그리 행복하지 않았다. 경제적으로 무능하고 술주정뱅이였던 아버지와 어머니는 사이가 좋지 않아서 그가 어렸을 때 이혼했다. 불행한 부모의 방임 속에서 혼자 자라다시피 한 그는 냉담하고 신경질적인 자신의 성품이 유년기의 환경에서 기인했음을 알고 있었다. 그는 자기애적인 냉소로 팬들의 사랑을 받으면서도 그에 대한 열등감도 갖고 있었다.

실제로 자존감에 심각한 문제가 있는 사람들은 모두라고 해도 좋을 정도로 어린 시절에 부모와의 상호작용에 문제가 있었던 경우가 많다.

다섯 살 아이의 입장이 되어 생각해 보자. 나보다 덩치가 서너 배는 크고 내가 모르는 세상에 대해 잘 알고 있는 보호자가 곁에 있다. 그가 나를 사랑하고 있다는 확신이 들면 더없이 든든할 테고, 화를 내거나 폭력을 쓰면 정말 무서울 것이다. 그 전지전능한 존재가 하는 모든 말들은 진실로 여겨질 것이다. 이 시기에 부모가 하는 말과 행동은 아이에게 깊은 영향을 끼친다. 그런데 어른이 되면 알게 되지만 이런 사실들을 인지하고 현명하게 대처할 만큼 성숙한 어른은 그리 많지 않다. 성숙하지 못한 어른들도 부모가 되니 '비자발적 나쁜 부모' 아래서 스스로를 열등하게 느낄 만한 조건을 쥔 채 성장할 확률은 절대 희박하지 않다.

낮은 자존감을 가진 부모는 자식에게 낮은 자존감을 물려주기 쉽다. 자식들은 그런 부모를 통해 자신을 사랑하기보다는 업신여기는 사고 과정을 학습하기 때문이다. 또 인간의 본성이라는 건 생각만큼

고상하지 않아서 자신이 고통을 겪을 때 주변의 가장 약한 존재를 향해 삶에 대한 분노를 발산하곤 하는데, 그게 어린 자식이 되는 경우가 적지 않다. 미숙한 부모 아래서 자신의 가치를 배우지 못하고 무기력을 터득한 아이들은 낮은 자존감 때문에 불안한 자아를 가진 어른으로 자란다.

아이들은 주변에서 나쁜 일들이 일어나면 그것을 자기 탓으로 돌린다. 부모가 이혼을 하는 이유를 자신이 말썽을 부려서라고 생각하거나, 동생이 다친 것이 자신이 동생에게 욕을 했기 때문이라고 믿는 식이다. 말로 표현하지 않더라도 아이들의 마음속에는 어른들은 이해할 수 없는 죄책감이 있다. 나는 아이들이 그런 마술적 사고를 하는 이유를 처음 알게 되었을 때의 기분을 잊을 수 없다.

감당하기 어려운 상황에 맞닥뜨리게 되면 아이들은 혼란에 빠진다. 자신이 아는 좁은 사고 체계로는 그 상황을 이해할 수 없기 때문이다. 그래서 알지도 못하는 무서운 힘에 의해서 자신의 세계가 흔들리는 것보다는 차라리 모든 것이 자신의 잘못인 게 낫다고 여긴다.

지금 낮은 자존감으로 힘들게 살아가고 있는 사람들 중에는 살아남기 위해 공포 대신 죄책감을 선택한 어린아이였던 이들이 많을 것이다. 그래서 그들에게 뒤늦게나마 분명히 말해 주고 싶다. '네 잘못이 아니다'라고.

어쩌면 그들에게는 여전히 모든 것을 자신의 탓으로 돌리는 게 가장 편할지도 모른다. 정도와 방법에 문제가 있었을지 몰라도 어쨌거나 자신을 위해 희생하고 사랑한 부모에게 불행의 책임을 묻는 건 너무 잔인한 일이라고 느끼고, 그렇지 않아도 약해진 부모에게 화살을 돌리는 것에 또다시 죄책감을 짊어지게 될 수도 있다. 그러니 그냥 '모든 게 이렇게 생겨먹은 내 탓'이라고 생각하는 편이 쉽다. 그러나 원인을 인정하지 않으면 치료도 없다.

내가 몇 년 전 공황장애로 고생할 때 환자로서 첫 번째 과제는 공황장애라는 사실을 인정하는 것이었다. 발작 증세가 나타나면 숨을 쉴 수가 없고 심장이 옥죄며 식은땀을 흘렸는데, 스스로 '이건 심장병이 아니라 신경계의 착각이니 진짜로 죽지는 않는다'라는 사실을 납득해야 했던 것이다. 그러려면 근거가 필요했기에 나는 대학병원 심장내과에 가서 심장에 관한 모든 검사를 받았다. 그리고 결과지를 받아든 담당의에게 사정을 설명하고 확답을 해달라고 부탁했다.

"남인숙 님은 심장에 아무 이상이 없는 게 확실합니다."

담당의에게서 마치 재판 선고와도 같은 근엄한 선언을 들은 것이 곧 치료의 시작이었고, 지금은 건강하게 일상을 누리고 있다.

낮고 불안정한 자존감 때문에 삶의 모든 문제에서 걸림돌을 만났고 더 이상은 그런 삶을 살고 싶지 않다면, 우선 인정해야 한다. 낮은 자존감의 원인은 나 자신이 아니라 부모님이라는 것을. 그들을 원망하고 헐뜯으라는 뜻이 아니다. 그들도 그 부모에 의한 피해자인 경우가 많다. 내가 발작의 원인이 심장이 아니라 신경계에 있다는 사실을 확신하고 나서야 내 몸에 대한 주도권을 가질 수 있었듯, 낮은 자존감의 일차적인 원인이 부모에게 있다는 사실을 인정하고 나서야 그다음 단계로 넘어갈 수 있는 것이다.

일단은 자신에게 면죄부를 주고, 힘든 어린 시절을 잘 견뎌낸 자신을 보듬고 격려해 보자.

유전, 내 몫의 자존감은 가지고 태어난다?

괴로움이 아무리 다양한 모습으로 나타난다고 해도 본질적인 괴로움의 양은 그 사람의 성격에 따라 항상 일정하다. 사람이 가지는 괴로움이나 기쁨은 외부에서가 아니라, 그 사람이 가진 소질에 의해 정해진다. 사람마다 가지고 있는 이 소질은 시간과 건강 상태에 따라 다소 차이는 있지만, 전체적으로 본다면 늘 변하지 않는다.

—아르투르 쇼펜하우어(Arthur Schopenhauer)

O는 어린 시절 이웃에 살았던 또래 언니였다. 그녀는 다섯 살에 부모님을 사고로 한꺼번에 잃고 친척집에 맡겨져 더부살이를 하고 있었다. 그런데 그녀를 맡아 기르던 이모 부부는 관대한 성격이 아닌 데다 삶이 팍팍했다. 나는 그녀의 성장 과정을 지켜보며 현실이 『신데렐라』나 『콩쥐팥쥐』보다 훨씬 더 가혹할 수 있음을 일찍이 깨달았다. 그녀의 양육자들은 집안일을 무리하게 시키거나 수학여행을 보내지 않을 정도로 인색하기도 했지만, 무엇보다 언어폭력이 심했다.

"얘가 지 애비 닮아서 굼뜬 것 좀 봐."

"저건 커서 제구실도 못할 거야."

"넌 못생겨서 시집이나 제대로 가겠니?"

"그렇게 굴면 고아원에 보내버릴 거야."

그들은 친자식들에게는 결코 하지 않던 악담을 어린아이에게 퍼 붓곤 했다. 나는 그 말들을 담 너머로 듣기만 해도 트라우마가 생길 지경이었다. 하지만 O는 달랐다. 매질을 당하거나 폭언을 들을 때에 는 잘못했다고 울면서 빌어도, 곧 잊어버리고 동네 아이들과 뛰어놀 곤 했다. 어딜 가나 기죽는 법이 없었고, 우리 동네 골목대장이기까 지 했다.

오랜 기간에 거쳐 드물게 마주칠 때마다 그녀는 밝고 당당했다. 대 학 진학은 못했지만 사업에 성공했고, 가정적이고 능력 좋은 남편과 결혼해 살고 있으며, 무엇보다 행복해 보인다. 놀라운 건 그녀가 유년 기를 그리 불우하게 생각하지 않는다는 사실이다. 어린 시절 이야기 가 나오면 골목을 누비며 놀았던 에피소드를 기억해 내고, 이모 부부 에 대한 악감정도 없다. 실제로 O는 그분들과 친자식들보다 더 잘 지 낸다고 한다.

O는 자존감 이론에서 이야기하는 모든 종류의 악조건 속에서 성장 했다. 이론대로라면 그녀는 낮은 자존감에서 오는 심각한 정서 문제를 겪어야 한다. 그런데도 자존감이 부족한 사람들 특유의 행동 양식을 거의 보이지 않는다. 더 놀라운 점은 그 특성들이 그녀의 의지를 통해 형성된 게 아니라 그녀가 '처음부터 원래 그런 사람이었다'는 데 있다.

유전자지도가 만들어지고 뇌과학이 발달하면서 별별 것이 다 유전
에서 비롯된다는 연구 결과들이 쏟아지고 있다. 공부를 잘하는 재능
도 타고나는 것이고, 공부를 잘하기 위한 노력을 하는 성향조차 유전
이다. 암도 유전인자에 의해 발병되는 경우가 많다. 우울증에서 가족
력이 유의미하다는 건 의사들 사이에선 상식이고, 단순히 게으름과
식탐의 결과인 것 같은 비만도 유전이다. 마찬가지로 자존감도 유전
의 영향을 많이 받는다. 긍정적인 시각과 행복감 등 자존감에 큰 영
향을 끼치는 요소들이 유전된다는 말이다. 그래서 자존감이 낮다면

이런 점도 역시 부모 탓이다. O는 돌아가신 부모님에게서 아주 강력한 자존감의 유전자를 물려받아 나쁜 환경에서도 스스로 자존감을 지키고 키울 수 있었던 것이다.

쇼펜하우어의 주장대로, 우리는 애초 갖고 태어난 자존감 수준에서 크게 벗어날 수는 없다. 그러나 인간은 유전자의 명령대로만 움직이고 환경에만 반응하는 존재가 아니다. 우리 마음의 힘은 그렇게 단순하게 형성되지 않는다. 심리학자 마틴 셀리그만(Martin Seligman)은 마음의 긍정적인 감정에 작용하는 요소를 유전 50퍼센트, 환경 10퍼센트, 의지 40퍼센트라고 밝혔다. 50퍼센트는 적은 비율이 아니라서, '거의 전부'라는 생각이 들 수도 있다. 딱히 의지가 없다면 유전이 모든 것을 좌우할 수도 있다. 그러나 반대로 40퍼센트의 의지를 제대로 활용한다면 전혀 다른 삶을 살 수도 있다. 침팬지와 인간의 유전자는 99퍼센트 일치한다. 다만 1퍼센트가 다를 뿐인데, 우리는 침팬지와 100퍼센트 다른 삶을 살고 있지 않은가.

모든 사람이 높은 수준의 자존감을 가져야 행복하게 사는 건 아니다. 자신이 태어나면서 물려받은 자존감에서 단 몇 퍼센트라도 끌어올려 안정되게 유지할 수 있다면 힘센 자아가 주는 높은 삶의 질을 누릴 수 있다. 아무리 박정한 부모라도 유전자의 영향을 극복할 수 있는 유전자쯤은 함께 물려준다.

부모의 한계에서 벗어나다

 술 취한 아버지가 한 손에는 허술하게 포장한 거위를, 다른 한 손에는 햄을 든 채 현관문을 머리로 들이받아 열려다가 실크 모자를 아코디언처럼 찌그러뜨리는 걸 보아버린 아이라면, 게다가 아버지와 실크 모자를 구하러 달려가는 대신 외삼촌과 배꼽 빠지게 웃었던 아이라면, 비극을 사소하게 만들 수는 있어도 사소함을 비극으로 만들지는 않는다. 가족의 수치스러운 비밀을 없앨 수 없다면 차라리 활용하는 편이 낫다.

—조지 버나드 쇼

버나드 쇼는 스스로 '끔찍하다'고 표현했던 자신의 심성을 예술적인 에너지로 전환시켰다. 알코올 중독자인 아버지가 술에 취해 추태를 부리는 장면을 매일 목격해야 했던 어린 시절의 그는 그 상황 속에서도 웃음의 요소를 찾아냈다. 잔혹할 정도로 사실적인 비극 속에서 풍자와 아이러니를 이끌어낸 불세출의 극작가는 그렇게 탄생했다. 아버지 때문에 친척이나 이웃을 피해 고립되어 살아야 했던 유년 시절, 그는 자존감에 엄청난 상처를 입었지만 수치심을 발판 삼아 발을 굴러 추진력을 얻었다. 그리고 그 상황에서 벗어났다.

내 자존감의 상태를 인지하고 그 원인을 찾아낸 다음 거기서 벗어나려는 노력이 단계적으로 이루어질 때, 진정한 자아를 발견해 키우는 일이 가능해진다.

J는 어머니의 전화를 받고 또 두통이 올라오기 시작했다. 아버지가 지난달에 새로 스마트폰을 샀는데 엄청난 요금이 청구되고, 구입처나 통신사에 전화해 봐도 무슨 말인지 모를 말만 한다며 좀 알아봐 달라고 연락을 해 온 것이었다. 그녀의 부모님은 어려운 가정형편 때문에 교육을 받지 못했고 세상물정에 어두웠다. 그러다 보니 성인이 된 이후 집안에 크고 작은 일이 터질 때마다 해결은 큰딸인 그녀의 몫이었고, 이번 일도 그랬다.

근무 시간에 짬을 내어 여기저기 알아보니, 아버지는 양심 없는 판매원에게서 터무니없는 조건으로 스마트폰을 사들인 것이었다. 어떻게 하면 피해를 최소화할 수 있을까 고민하며 주변을 수소문하던 중, 옆자리 동료 여직원이 자기 어머니에게 전화를 걸어 연결시켜 주었다. 소비자 피해 구제에 관한 일을 오래 하셨다는 동료의 어머니는 친절하고 명료하게 해결책을 알려주었다. 구세주를 만난 기분이었다. 옆자리 동료를 보며 J는 고마움과 부끄러움, 질투가 뒤엉킨 복잡한 감정을 느꼈다.

'의지할 수 있는 부모가 있다는 건 어떤 기분일까?'

며칠 후, 부모님의 일이 해결되어 고맙다고 인사를 하려는데 파티션 너머 동료가 고개를 팔에 묻은 채 움직이지 않았다. 자세히 보니 울고 있었다. 깜짝 놀라 휴게실로 불러내 이야기를 들어보니 담당 업무에 실수가 있었던 모양이었다. 실수를 만회해 보려고 했는데 도저히 감이 잡히지 않아 과장에게 도움을 요청했다가 혼이 났단다.

"이 과장님이 나보고 문제 해결 능력 좀 키우래요. 내가 생각해도 무능한 것 같아서 죽고 싶어요. J씨는 어쩜 그렇게 무슨 일이든 척척 해내요? 이 과장님 말하는 문제 해결 능력, 그거 J씨 두고 하는 말인 것 같아요."

"내가 무슨……? 지난번에도 스마트폰 때문에 쩔쩔매는 거 봤잖아요."

"엄마 조언받고 바로 해결했잖아요. 그것도 문제 해결 능력이에요."

그 후 J는 자신의 삶을 돌아봤다. 부모님의 무능함을 알고 자신의 삶은 알아서 살아야 한다고 깨달은 건 고등학교 무렵이었다. 이후 부모님의 간섭 없이 대학 진학, 취업 등 모든 것을 선택했고, 선택에 대한 책임은 스스로 졌다. 수많은 일을 스스로 해결해야 했으니 동료의 말대로 문제 해결 능력이 있는 것도 같았다. 그런 자신이 조금은 자랑스럽게 느껴졌다. "어떻게 해도 부모님을 넘어서는 사람이 될 수 없을 것 같다"며 울먹이던 동료는 경험할 수 없었을 조건이긴 했다.

그녀는 무능한 부모님이 가난과 열등감만 주었다고 생각해 왔다. 그런데 그런 부모님 덕에 길러진 능력이 어쩌면 새로운 삶을 살아나가는 힘이 되어주지 않을까 하고 기대하게 되었다.

나는 J와 같은 기로에서 좋은 방향으로 선회한 사람들을 많이 알고 있다. 그들은 어린 시절 부모 때문에 쪼그라든 자존감을 안은 채 어른이 되었지만, 오히려 그 경험을 바탕으로 남보다 더 큰 자아를 키우는 데 성공했다.

스무 살만 되어도 어른이 되었다고 생각하는 인간이지만, 정신의 성장은 평생에 걸쳐 이루어진다. 어린 시절에 내 자존감의 양육이 부모에 의해 제대로 이루어지지 않았다면, 내가 나를 키우면 된다.

 낮은 자존감은 내 탓이 아니다. 그러나 내 힘으로 바꿀 수 있다는 사실은 잊지 말자.

완벽하기를 포기할 수 있는 용기, 자존감

자존감과 고집을 혼동하지 말라

﹃﹄ 사람이 살아 있을 때는 부드럽고 약하지만, 죽으면 단단하고 강해진다. 풀과 나무와 같은 만물들은 살아 있으면 부드럽고 연하지만 죽으면 말라 뻣뻣해진다. 그러므로 단단하고 강한 사람은 죽음의 무리이고, 부드럽고 약한 사람은 삶의 무리다.

군대가 강하면 이기지 못하고, 나무가 강하면 꺾이고 만다. 강하고 큰 것은 밑에 놓이고, 부드럽고 약한 것은 위에 놓이게 된다.　　　　─노자

여러 동양철학자 중에서도 노자는 나이와 경험이 어느 정도 쌓여

야만 이해할 수 있는 사상가로 통한다. 그래서인지 『도덕경(道德經)』에서 설명하는 '강한 사람'의 속성은 삶에 깎이고 팬 사람들이어야 깊이 공감할 수 있다.

자존감은 어딘지 도도하고 날카로운 것을 연상시키는 말이지만, 『도덕경』의 이 표현만큼 자존감의 본질에 대해 잘 설명해 주는 말도 없는 것 같다.

흔히 자존감이 낮은 사람들을 조용하고 주눅 든 모습으로 한정시키곤 하지만, 어떤 사람들은 고집과 공격성으로 낮은 자존감을 포장하기도 한다. 남을 공격하고 굴복시키면 자존감이 올라가는 것 같은 기분이 들고, 내 의견을 양보하면 자존감이 훼손되는 느낌을 받기 때문이다. 그러나 정말 안정된 자존감을 가진 사람들은 양보하고 배려하고 남의 말에 귀를 기울인다. 후하고 부드럽다. 틀렸으면 틀린 사실을 인정한다. 그렇게 해도 자기 가치가 떨어진다고 생각하지 않아서다.

"하지만 이미 자존감이 낮은 사람들은 더 상처받지 않게 자신을 보호할 필요가 있지 않나요? 자기보다 약한 존재를 착취하고 괴롭히려는 게 인간의 본성인데 겉으로라도 자신이 강하다는 걸 보여줘야 살아남을 수 있지 않을까요?"

부드러움을 권하는 내용에 대한 어느 독자의 반박이다. 일리 있는 주장이긴 하나, 간과하고 있는 점이 하나 있다. 그가 말하는 '약자를 괴롭히려는 본능'보다 훨씬 더 강력한 인간의 본성이 '내 자존심을 상하게 하는 사람에 대한 분노'다. 거친 언동과 고집은 다른 사람들의 심기를 건드리기 쉽고, 그러다가 누군가에게 치명타를 주기라도 하면 상대는 자신이 동원할 수 있는 모든 물적, 인적 자원을 투입해 그를 넘어뜨리려 할 것이다. 그런 식으로 사회에서 상처받고 도태되는 '강한' 사람들을 너무나 많이 보았다.

내 안의 자존감이 자라나 힘을 얻기까지 갑옷이 필요하다면 차라리 부드러움을 가장하는 게 낫다. 부드러움의 갑옷 안까지 찔러 들어오는 이가 있으면 그때 맞받아 튕겨내도 늦지 않다. 내 자존감이 침범당하는 한계를 명확히 정해놓고 그 범위까지만 허용적인 태도를 취하면 된다. 다만 그 한계는 경험과 성찰을 통해 찾아내고 수정하는 수밖에 없다.

Y는 이런 면에서 삼진아웃이 원칙이다. 평소에는 주변 사람에게 친근하고 수용적인 태도를 유지하지만, 누군가 선을 넘으면 이 법칙을 적용한다.

한번은 모임의 친구 중 하나가 그녀의 출신 학교를 가지고 은근히 무시하는 듯한 발언을 농담조로 던졌다. 처음 한 번은 실언이었을 수도 있겠지 하고 넘어갔고, 두 번째로 같은 실수를 했을 때는 용기를 내 정색하고 말했다.

"너는 농담일지 몰라도 나는 기분 나빠. 전에도 그러는 거 참았는데, 다시는 그런 농담 안 했으면 좋겠다."

Y의 정중하고 살벌한 경고 때문에 모임 분위기는 얼어붙었고 어색하게 끝이 났지만, 이후로 그 친구는 다시는 같은 농담을 하지 않았다.

그렇게까지 하면 대부분은 같은 잘못을 저지르지 않지만, 단호한 태도에도 반응이 없는 사람은 어디에나 있기 마련이다. Y는 그런 사람들은 아예 마음속에서 '아웃'시키고 다시는 보지 않는다. 직장 동료처럼 어쩔 수 없이 부딪혀야 하는 사람이라도 크게 스트레스 받지는 않는다. 그들을 자신이 상처받을 가치도 없는 인간 말짜라고 여기고 최소한의 상호 관계만 유지하기 때문이다.

무엇보다 단단한 껍질을 쓰고 사는 건 피곤하다. 항상 긴장하고 날을 세우고 있기에 더 쉽게 지치고 병치레도 잦다. 언제나 공회전하고 있는 엔진이나 마찬가지라서, 엉뚱한 곳에 연료를 다 소모하고 막상 힘을 발휘해야 할 때에는 제자리에서 움직이지도 못하는 상황이 벌어지고 만다.

필요 이상으로 타인을 공격적으로 대하고 다른 사람의 의견에 반대를 위한 반대만 하며 고집을 부리고 있는 자신의 모습을 발견한다면 움츠린 자아가 잘못된 방어기제를 발동시킨 것으로 보고 갑옷을 갈아입기 바란다.

완벽주의의 벽을 무너뜨릴 때 자존감은 온다

예민한 독자들은 눈치챘을 수도 있겠지만, 나는 이 책에서 '자존감이 높다'는 표현을 거의 사용하지 않는다. 자존감은 높기만 하다고 좋은 것이 아니기 때문이다. 높고 불안정한 자존감을 가진 사람은 사다리 꼭대기에 올라앉은 어린아이처럼 위태로워서 언제 떨어져 다칠지 알 수 없다. 탄탄하고 건강한 자아가 뒷받침된 안정된 자존감만이 질 좋은 삶의 토대가 된다. 적당히 낮고 안정된 자존감으로 잘 사는 사람들도 많다. 자존감은 높고 낮음보다는 균형이 중요하다.

"천재가 요절한다"는 말이 있는데 심리학자들은 이 말을 "요절해야 천재가 된다"는 명제로 뒤집기도 한다. 천재들은 지나치게 높은 자존감 때문에 세상이 요구하는 수준의 사회성에 도달하지 못해 괴로워하다가 세월이 흘러가며 천재성을 스스로 사장시킨다고 한다. 그러므로 천재성이 희석되기 전에 사망하면 천재로 남기 때문에 그런 말이 생긴 것이라는 해석이다. 자신의 천재성을 죽이지 않고도 사회에 융화될 수 있을 정도로 안정된 자존감을 확보하는 데 성공한 소수만이 끝까지 천재로 남을 수 있다. 아인슈타인이나 피카소 같은 사람들이 그렇다.

삶의 가장 중요한 자산인 자존감은 '완벽함'이나 '높음', '고귀함' 등을 포기할 때 오히려 더 단단해진다. 자존감의 말뜻을 '완벽한 사람이 되기를 포기하고 그대로의 자신으로 받아들이는 것'으로 재정의해도 좋을 정도다.

20대 후반의 H는 웹툰 작가가 되고 싶었지만 아직 작품에 도전해본 적이 없다. 처음 만났을 때, 그는 집안 형편이 어려워 여러 가지 아르바이트를 하고 있기 때문에 본격적인 작업에 들어갈 여유가 없다고 했다. 충분히 그럴 수 있겠다 싶어 그 꿈을 응원했다. 1년여가

지나고 다시 만난 그는 여전히 작품에 손을 못 대고 있었다. 그는 그림 작업을 하는 데 필수 장비인 그래픽 태블릿을 사기 위해 돈을 모으고 있다고 했다. 우선 일반인들이 많이 쓰는 저렴한 것을 사서 작업부터 시작하는 게 어떠냐고 하자, 내가 그쪽 일을 잘 몰라서 하는 말이라고 했다. 얼마 후 다시 만났을 때도 그는 여전히 작업을 시작하지 않았는데, 그동안 몸이 안 좋았다고 했다. 이후에도 볼 때마다 그에게는 일을 시작하지 않을 아주 합당한 이유가 있었다. 건실하고 똑똑한 그는 여전히 웹툰을 그리지 않는 웹툰 작가 지망생으로 살고 있다.

H는 본인이 뭔가 일을 시작하려고만 하면 방해가 되는 일이 생긴다고 생각하고 있었는데, 실은 그렇지 않다. 자존감이 떨어지는 사람들의 특징 중 하나가 바로 완벽주의다. 완벽하지 않은 결과를 내는 자신을 용납하고 품을 자신이 없기 때문에 아예 결과 내기를 미루는 것이다. 장비, 건강, 자금, 작업 장소 등 완벽한 조건에 집착하는 것은 결과를 완벽하게 하기 위한 조바심의 표현이기도 하고, 결과를 내는 일을 미룰 핑계이기도 하다.

사실 누구에게나 이런 마음에서 나오는 게으름이 있다. 원하는 일들을 해내는 사람들은 완벽하지 않은 자신을 받아들일 용기를 내고 앞으로 한 발짝을 내딛은 것뿐이다. 완벽한 자기 모습을 기대하며 회피하다 보면 언제까지고 안주하고 있는 자신의 모습 때문에 자존감은 점점 바닥으로 가라앉는다. 결국 기분상으로는 자존감의 상처를 일시불로 받느냐 할부로 받느냐의 문제인데, 눈 딱 감고 전자를 선택하는 게 낫다. 시도를 해서 실패했을 때의 결과는 마음먹기에 따라 자존감에 상처를 입는 대신 수직 상승하게 할 수도 있지만, 시도도 하지 않을 경우에는 느리지만 틀림없이 자존감이 손상되기 때문이다.

완벽하지 않아도 큰일 나지 않는다는 사실을 인지하고 경험해야 한다. 부족한 자존감의 결과물이 완벽주의이기는 하지만, 완벽하기를 포기하면서 자존감이 생기기도 한다. 나 자신에게 누군가를 실망시킬 권리가 있다는 것을 주지시키고 조금씩 용기를 내어보자. 저만치 앞서가 있는 사람들도 다 거쳤던 과정이다. 그들이 H와 다른 점은 어느 순간 약간의 용기를 내어 저질러버렸다는 것뿐이다.

결과에 대한 강박을 가지지 않고 끊임없이 시도할 용기를 주기 위해 미국 알코올 중독자 치료 협회에서도 다음과 같은 기도문을 외는 것일 테다.

신이시여, 제가 바꿀 수 없는 것에 대해서는 받아들일 수 있는 의연함을, 제가 바꿀 수 있는 것에 대해서는 바꿀 수 있는 용기를, 그리고 그 두 가지를 구별할 수 있는 지혜를 주옵소서.

 자존감은 완벽할 때 오는 것이 아니라 완벽함을 포기할 때 오는 것이다.

2장

내 안으로
떠나는
여행

차라리 허세가 부러운 사람들

돈보다 부러운 자존감

　　모든 사람에게는 열등감이 있다. 그러나 열등감은 질병이 아니다. 우리가 도전하고 발전하는 데 필요한 자극제라고 생각하는 편이 낫다.

—알프레드 아들러(Alfred Adler)

아들러는 프로이트의 제자였지만, 전혀 다른 길을 걷게 된 심리학자다. 일반 상식의 눈으로 보았을 때 아들러의 이론은 과학이라기보다는 인문학에 가깝다. 그가 바라본 인간의 내면은 자존감의 측면에서 보았을 때 훨씬 희망적이다. 아들러에 의하면 우리는 과거에 얽매이지 않고 얼마든지 앞으로 나아갈 수 있는 존재다.

자존감보다 먼저 훨씬 일반적으로 사용해 왔던 말, '열등감'은 아들러가 처음 만들어 사용한 것이다. 재미있는 점은 열등감과 자존감이 직접적인 의미와는 다르게 상충되는 개념이 아니라는 것이다. 열등감이 있어도 얼마든지 든든한 자존감을 가질 수 있다. 그런데도 자존감이라는 말을 알아버린 사람들은 열등감이 있다는 사실 자체에 열등감을 느끼고 있다.

세계적인 호텔 체인을 소유한 힐튼가의 장녀 패리스 힐튼은 '철없는 상속녀' 이미지로 TV쇼에서 인기를 모았다. 예쁜 외모와 보는 맛이 있는 화려한 재벌 생활, 자극적인 언동 등이 모두 관심의 대상이었다. 그러나 사람들은 동경하기보다는 욕을 하기 위해 그녀를 소비했다. 미디어에 자주 등장은 하는데 "저 사람은 뭐 하는 사람이냐"며 궁금해할 정도로 이렇다 할 직업이 없는 데다 모든 행보가 백치미와 말썽꾼이라는 두 단어로 요약될 정도였으니 그럴 법도 했다. 언론이나 대중 모두 그녀에 대해 공격적이었지만 그녀는 개의치 않는 듯했고, 자기애로 똘똘 뭉친 모습은 여전했다. 보수적인 시각의 한국 대중들은 남의 나라 망나니의 말썽 소식에 흥미와 조롱이 뒤섞인 반응을 보였다.

그러나 어느 정도 시간이 지나자, 점차 그녀를 보는 주변의 시선이 달라지기 시작했다. 구설수와 인기를 동시에 거머쥔 그 또래의 할리우드 스타들이 정신적 부담으로 무너지고 난 이후에도 그녀만은 처음 등장했던 모습 그대로 뻔뻔하고 아름답다. 그러자 누가 뭐라고 자신을 욕하건 간에 끄떡하지 않고 자신을 변함없이 사랑할 수 있는 근성을 인정하기 시작한 것이다.

위축된 자아를 짊어지고 일상을 사는 사람들, 특히 한국 사람들은 그녀가 상속받을 재산이나 사업을 하면서 일군 더 많은 재산보다, 그녀의 흔들림 없는 자존감에 더 큰 부러움을 느끼고 있다.

개인주의가 서구에 비해 발달하지 않은 동아시아 문화권에서는 자존감 문제가 더 어렵고 절박한 것 같다. '나'라는 개인보다는 가족이나 직장 같은 소속 집단이 더 우선시되고 개인은 그 집단에 기여할 때만 인정받는다. 과거 사회에서야 그런 가치관이 모두의 생존을 위해 필요했지만, 국가라는 거대 집단의 울타리 안에서 완전한 개인으로서 삶을 살아갈 수 있게 된 현대인에게는 자아의 힘이 정말 중요해졌다. 그런데 우리의 자아 개념만은 유독 문화 지체 현상을 겪고 있다.

"넌 다이어트 안 해? 살만 좀 빼면 더 예뻐질 텐데."

"힘들게 공부해서 그 좋은 학교 들어가더니 왜 그런 직장에 들어갔어?"

"그렇게 눈치가 없어서 사회생활 하겠어? 일만 잘한다고 다가 아니지."

"다른 집 자식들은 어버이날 선물로 해외여행도 보내주고 하던데 나는 자식 헛키웠지."

집단의 기준에 부응하지 못하는 개인들은 없던 열등감까지 생기게 할 말을 수시로 듣는다. 한국의 생활인들이 조직의 한 부분으로서가 아니라 '개체로서의 나'만을 인식하고 살기란 말처럼 쉽지 않은 일이다. 한 뼘의 움직임도 내 맘대로 할 수 없는 우리는 내키는 대로 행동하고, 그 대가로 어마어마한 욕을 먹고, 그래도 멀쩡한 패리스 힐튼에게 부분적으로나마 대리 만족을 느낀다.

겸손보다 자존감

M은 몇 년 전 앙금꽃 케이크를 만들어 파는 사업을 시작했다. 달콤한 팥앙금 반죽으로 꽃을 빚어 떡 위에 올려 장식한 케이크는 독특하고 예뻐서 인기가 좋았다. 손재주가 뛰어나고 미적 감각도 타고난 그녀는 자신의 케이크가 다른 사람들의 것보다 훌륭하다는 사실을 알고 있었다. 하지만 그런 이야기를 대놓고 하는 게 영 내키지 않았다.

'내 케이크는 누가 봐도 확연히 예쁘니까 굳이 자랑하고 다니지 않아도 사람들이 알아줄 거야.'

지인들과 일 이야기가 나와도 그럭저럭 먹고산다며 겸손해했고, SNS에는 정직하게 찍은 사진들만 성실히 올렸다. 그러던 중 친구 한 명이 M의 일이 잘되는 것을 보고는 같은 일을 시작했다. 물론 후발주자인 데다가 실력이 평범하기 때문에 처음에는 M도 별생각 없이 친구를 응원해 주었다. 그러나 친구는 M과 달랐다. 사람들을 만나면 "연예인 아무개도 내 케이크를 해 갔는데 만족해했다", "외국인 친구한테 주문이 들어와서 팔았는데 그 친구 생일 파티가 케이크 때문에 난리가 났다더라"라며 자랑했고 SNS에도 같은 내용을 부지런히 올렸다. M은 그런 친구의 모습이 어색하고 못마땅했다.

'거짓말이 아닌 건 알겠는데, 어떻게 저런 말을 자기 입으로 저렇게 하지? 사실 그런 에피소드라면 나한테 훨씬 더 많은데……'

어느덧 친구는 M보다 더 많은 매출을 올리는 유명 케이크 공방의 사장이 되어 있었다.

최근 M이 가장 충격을 받은 건 그녀의 실력을 잘 알고 있다고 믿던 지인들마저 그동안 친구의 공방에서만 케이크를 주문해 왔다는 사실을 알게 되었기 때문이었다. 그들은 친구의 케이크가 더 감각 있고 멋지다고 생각하고 있었다.

혼란에 빠진 M에게 이 상황은 두 가지로 해석될 수밖에 없었다. 자신이 스스로의 실력을 착각하고 있거나, 온 세상이 친구의 거짓에 속고 있거나. M은 혼란스러운 감정 속에서 스스로가 위축되는 것만 같다.

답부터 말하자면 그녀의 해석은 둘 다 틀렸다. 그녀가 처음부터 의식해 온 '겸손'이 상황을 이렇게 만든 것이다. 우리는 어려서부터 겸손이 제일의 미덕이라는 말을 듣고 살아왔다. 그건 나 자신을 사랑하거나 존중하는 것보다 우선하는 가치였다. 사회가 원하는 가치에 충실하게 살아온 M과 같은 사람들은 스스로의 장점을 드러내는 일을 어렵고 불편하게 여긴다. 하지만 그녀의 생각과는 다르게, 사람들이 숨은 남의 장점을 일부러 찾아내어 소문까지 내주려면 복권에 당첨되는 것만큼이나 운이 좋아야 한다. 그녀가 원하던 '겸손해서 스스로 드러내지 않는데도 실력만으로 사람들이 알아주는 케이크 장인'이라는 이미지마저도 스스로 규정하고 이끌어내야 가능한 현실이다. 또 자아의 크기는 외부 세계와 상호작용을 하기 때문에 내가 먼저 인정하고 드러내야 남도 나를 인정해 주고, 남이 인정해 주는 만큼 나도 나를 받아들인다.

겸손이라는 말을 대단히 오해하곤 하는데, 나를 숨기고 낮추는 게 진짜 겸손이 아니다. 겸손의 사전적 의미는 '남을 존중하고 자기를 내세우지 않는 태도'다. 우리가 종종 혼동하듯 겸손이라는 것은 나 자신의 삶에 대한 시선이 아니라 남을 존중하는 태도, 즉 일종의 처세인 것이다. 그러니까 타인을 깎아내리는 것도 아닌데 스스로를 검열하며 자존감을 누를 필요는 없다는 뜻이다. 우리 문화권에서는 "벼는 익을수록 고개를 숙인다"는 속담을 초등학교에서부터 알려주며 겸손의 교훈을 먼저 주입시킨다. 속담의 내용은 틀리지 않다. 다만 아직 익지도 않은 벼에 고개 숙이는 법부터 가르치는 게 문제다. 여물지 않은 벼는 태양을 향해 꼿꼿이 고개를 들고 쑥쑥 자라야 한다. 채 익지도 않았는데 고개부터 숙이면 그 벼는 썩는다.

사실 마음에서 우러나오는 겸손이란 많은 경험과 성찰을 거치지 않으면 도저히 가질 수 없는 것이다. 높고 안정적인 자존감을 바탕으로 해야 자랄 수 있어서 그렇다. 아직 자존감의 틀이 잡히지 않은 상태에서는 겸손을 '예의'와 비슷한 의미로 받아들이고 실천하면 된다.

열심히 살아 성취도 해보고 실패도 하며 많은 사람을 겪고 나면 되레 겸손이라는 단어를 잊고 살게 된다. 내가 남보다 그다지 잘난 게 없다는 걸 너무나 잘 알게 되기 때문이다. 굳이 겸손하려 애쓰지 않아도 저절로 겸손해질 수밖에 없다. 그렇다고 해서 딱히 남보다 못났다는 생각도 들지 않는다. 자존감이 단단해져 나와 타인을 가치 독립적인 존재로 온전히 인식해야 진정한 겸손은 찾아온다.

겸손은 그 자체로 노력해 얻어야 할 미덕이 아니라 자존감의 부산물이다. 그러니 마음속에서 교만인지 열등감인지 자존감인지 알 수 없는 감정이 휘몰아쳐 잘난 척하고 싶은 욕망이 꿈틀댄다 해도 죄책감을 갖지 말자. 마음대로 되는 것 없는 이 세상을 살면서 어차피 정리될 감정이다. 그때까지 당신은 남을 향한 태도를 제어하기만 하면 된다. 설익은 자존감을 잘못 드러냈다가는 남에게 상처를 입히거나 자신이 공격당할 수 있다. 당분간 겸손은 사치라고 생각하고 자존감에만 물을 주자.

 자존감은 마음, 겸손은 태도의 문제다. 겸손 때문에 자존감에 대해 죄책감을 갖지 말자.

삶의 결정권은 나에게 있다

자존감의 필수 조건, 자기 통제감

자존감이 충만한 사람에는 여러 유형이 있지만 예외 없는 공통점이 한 가지 있다. 자기 마음대로 인생을 산다는 것이다. 높은 자존감으로 좋은 질의 삶을 살고 싶다면 자신이 살고 싶은 대로 살아야 한다.

마음대로 산다는 것이 삶을 구성하는 모든 요소를 내 마음대로 한다는 뜻은 아니다. 그런 일은 가능하지도 않을뿐더러, 할 수 있다고 해도 정작 결과가 내 마음에 들지 않을 수도 있다. 여기서 마음대로 산다는 것은 인생을 내 책임하에 둔다는 뜻이다. 이와 관련된 것이 바로 '자기 통제감'이다. 자기 통제감은 뜻대로 되는 일이 별로 없더라도 큰 틀에서 내 인생은 내가 원하는 대로 살 수 있겠다고 느끼는 감정이다.

유학을 앞두고 고민 중이던 A와 B가 있었다.

A는 유학을 가고 싶었지만 성공할 수 있을지 확신이 없었다. 해외 체류 경험이 희소가치가 없어진 시대라 취업에 도움이 되는지도 의문이었고, 무엇보다 부모님이 반대했다. 주변에 물어봐도 유학을 반대하는 사람들이 대부분이었다. 한 살이라도 어릴 때 취업을 하는 편이 경력 쌓는 데 더 도움이 될 거라는 것이 중론이었다. 모두가 말리는 유학인데 성공의 확신도 없고 새로운 환경에 적응해야 하는 두려움까지 겹쳐 그녀는 유학을 포기했다.

B 역시 유학 가기 전에 고민이 많았다. 집안이 넉넉한 것도 아니었고 다녀와서 취업 적령기를 놓칠 부담이 없지 않았다. 하지만 원하는 분야를 더 깊이 공부해 보고 싶은 마음과 외국에서 살아보고 싶은 욕구가 더 컸다. 결국 1년여의 준비 기간을 거쳐 유학을 떠났다.

A와 B, 누가 성공적인 선택을 했을까?

유학 자체만 두고 보자면 B가 성공한 것은 아니었다. 하지만 이후의 삶에 있어서는 B가 A보다 훨씬 성공적이었다. B가 귀국한 후, 외국의 학위가 취업이나 경력에 딱히 보탬이 된 것은 없었다. 하지만 몇 년간 해외에서 적극적으로 보고 배운 것들이 시야를 넓혀주었고 낯선 곳에서 삶을 개척한 자신감이 취업에 도움이 되었다.

한편 A는 부모님 권유에 따라 안전하게 취업 준비를 했고 대기업

입사에 성공했다. 똑같이 취업을 했으나, B는 몇 차례 이직하는 동안 독자적인 자기 브랜드를 갖게 되었다. 지금은 첨단산업을 주도하는 중소기업의 고위직으로 일하며, 회사에 크게 얽매이지는 않고 일을 진심으로 즐기며 살고 있다. A는 취업 후 성실히 일을 했지만 모든 생활이 회사 중심으로 돌아가는 삶에 많이 힘들어했다. 머지않아 못 버티고 퇴사했고 이후 마땅한 일을 찾지 못하고 있다. 지금의 삶이 만족스럽지 않은 A는 그때 유학을 갔어야 했나 후회하고 있다.

A와 B는 전혀 다른 질의 삶을 살고 있다. 그러나 그게 유학에 대한 고민 앞에서 '어떤' 결정을 했는가에 따른 결과는 아니다. 문제는 '어떻게' 결정을 했는가다. 유학은 위험 부담이 따르는 일이고 여러 변수가 있기 때문에, 좋거나 나쁘다고 판단할 수 있는 것이 아니다. 다만 온전히 자신의 의지로 선택을 한 사람은 이후의 결과도 자신이 책임지고 불리한 결과마저 기꺼이 감수하며 잘못된 것을 적극적으로 수정하는 삶을 살게 된다. 그래서 B의 유학은 성공적이었던 것이다.

A는 부모님의 반대가 유학을 가지 못한 이유라고 생각했지만, 실은 결과에 책임질 용기가 없어서 원하던 유학을 포기한 것이다. 보장된 게 없이 부담만 있는 유학이라면 대다수의 부모가 반대할 테지만, A가 강력한 의지를 보였다면 의견을 바꾸었을 가능성이 높다.

결국 A는 실패할 가능성에 대한 책임을 자신이 지기 두려워서 하고 싶은 일을 포기한 것이다. 유학과 같은 일회성 선택에만 국한된 것이 아니다. 모든 선택의 기로에서 A는 책임을 피하는 쪽으로 선택했을 것이고, B는 스스로 선택하고 책임지는 과정을 당연히 여겼을 것이다. A와 B가 서로 다른 선택을 했어도 결과는 비슷했을 것이다. 언제나 중요한 것은 선택 자체보다는 선택을 하는 태도다.

B처럼 스스로 선택을 할 수 있고 삶이 어느 정도 원하는 방향으로 되어간다고 느끼는 사람은 자기 통제감이 있다고 할 수 있다. 자기 통제감이 있는 사람은 강력한 자존감을 갖고 만족도가 높은 삶을 산다. 그리고 젊은 시절에 고생을 하게 될 가능성이 상대적으로 높다. 남이 만든 편한 환경보다는 내가 원하는 거친 환경을 선택하니 당연한 일이다. 그러나 그런 삶을 이어가다 보면 오히려 점점 더 편해진다. 남이 정해준 선택만 하며 사는 사람들은 점차 현실이 자기 욕구의 저항을 받지만, 내 마음대로 사는 사람들은 현실이 내 욕구에 맞게 변화하기 때문이다.

미국 한 심리학 실험실에서 노인들을 대상으로 이런 연구를 한 적이 있다. 한 집단은 하루 스케줄을 일원화해 자발적으로 선택할 수 있는 기회를 없앴고, 다른 집단은 본인이 원하는 대로 스케줄을 선택하게 했다. 그랬더니 통제 집단의 노인들이 훨씬 먼저 사망했다.

제아무리 안락하고 편하다 해도 주어진 대로만 누리려는 수동적 태도는 삶에서 생기를 앗아간다. 자기 통제감이 얼마만큼 중요한지 깨닫는 것만으로도 상황은 달라질 것이다.

❧ 수동적 정서는 우리가 그것에 대해 명료한 관념을 갖게 되는 순간 더 이상 수동인 상태에 머물지 않게 된다.　　　　—바뤼흐 스피노자

자기 통제감을 위한 훈련, 회피를 회피하기

❧ 그들은 항상 조심스러운 합리화를 하면서 자기비판으로부터 도망치려 한다. 자기는 결코 잘못한 적이 없다고 믿으며 자신들이 이루지 못한 모든 일의 책임을 다른 사람에게 전가한다. 그런 사람들이 간과하는 한 가지 사실은 스스로 실수를 하지 않기 위한 아무런 노력도 하지 않는다는 것이다. 그들은 열정에 가까운 노력으로 자신의 잘못을 고수한다.

물론 그들이 그렇게 주장하는 한 잘못된 교육에 죄가 있을 수도 있다. 한 가지 경험으로부터 여러 가지 다양한 해석이 가능하다는 것, 다른 결론을 도출해 낼 수 있다는 사실은 왜 사람들이 자기들의 행동 양식을 바꾸려 하지 않고 자기 자신에게 꼭 들어맞을 때까지 자기 경험을 바꾸고 뒤틀고 왜곡하는지 이해할 수 있게 해준다.

인간에게 가장 힘든 일은 자신을 정확하게 인식하고 자신을 변화시키는 것일지도 모른다.　　　　—알프레드 아들러

어찌 보면 회의에 차 있는 것 같기도 한 아들러의 이 말은 '회피하는 인간형'의 사람들이 왜 회피하는지에 대해 정확하게 설명해 준다. 어떤 사람들은 현상을 왜곡하고 무시하고 뒤틀면서까지 행동하기를

피한다. 상황이 저절로 자신에게 들어맞게 될 때까지 기다리면서 말이다. 그 과정을 그럴듯하게 설명하지만 결국은 상황에 뛰어드는 것을 두려워하는 것, 그 이상도 그 이하도 아니다.

어쩌다 보게 된 한 드라마의 에피소드다. 여주인공은 우연히 자신을 포함한 세 명 중 누군가가 시한부라는 말을 듣게 된다. 나중에 나머지 두 명이 건강 검진을 받아 이상 없다는 소견을 받아냈다는 것을 알게 되면서 막연히 자신이 시한부라고 추측한다. 그쯤 되면 결과가 어찌 되든 병원에 가봐야 하건만, 주인공은 그러지 않는다. 돈한 푼 없는 현실에 확진을 받아봤자 치료도 어렵고, 무엇보다 무서운 진실을 확인하기 두려웠다. 결과적으로 그녀는 시한부가 아니었다. 불필요하게 슬프고 고통스러운 시간을 보낸 것이다.

비록 드라마지만 자존감과 자기 통제감이 낮은 사람의 전형적인 행동 양식이 꼭 이렇다. 어려운 일이 닥쳤을 때 이를 확인하고 특정하는 것을 회피한다. 그렇다고 상황을 내버려두었을 때 자동으로 따라오는 결과를 원하는 것도 아니면서 말이다. 주인공이 정말 시한부였더라도 불확실함 속에서 불안한 시간을 보내느니, 빨리 그 사실을 확인하고 짧은 삶을 정리하는 편이 나았을 것이다. 그러면 남은 삶을 자기 의지대로 선택해 보낼 수 있고 그 자체로도 의미가 있었으리라. 만약 모호한 상태로 있다가 그대로 세상을 떠났다면 더 큰 고통 속에서 가족들에게도 상처를 입히고 떠나게 된다.

선택과 책임을 회피하는 습관에서 벗어나게 되면 다른 차원의 삶을 살게 된다.

신입 사원 N은 업무를 보다 대형 사고를 쳤다. 숫자를 잘못 입력해서 주문량에 0이 하나 더 붙은 것이다. 사람들에게 어떻게 할지 물어보니 늦기 전에 구매부서의 김 대리를 통해 업체에 양해를 구해보라고 했다. 김 대리라면 출근 첫날부터 인사도 제대로 안 받아주어서 첫인상이 안 좋게 박힌 사람이었다. 이후에도 업무로 부딪힐 때마다 그 사람이 자기를 못마땅해한다는 느낌을 받았다. 그런 게 기분이 나빠 언제인가부터 모른 척 지내는 사람인데, 하필 그런 김 대리에게 부탁을 해야 한다니 눈앞이 캄캄했다. N은 부질없이 다른 방법들을 찾아보다가 뾰족한 수가 나타나지 않자 그냥 사표를 써야겠다고 생각했다. 어차피 거절당할 게 뻔한데 맘 졸여가면서 부탁하는 상황에 뛰어들고 싶지 않았다.

하루 사이에 해쓱해져서 컴퓨터만 들여다보고 있던 N을 한심하게 지켜보고 있던 선배가 한마디 했다.

"그만둘 때 그만두더라도 하는 데까진 해봐야지. 김 대리가 해줄지 안 해줄지 어떻게 알아?"

결국 마지못해 김 대리를 찾아간 N은 잔뜩 주눅이 들어 사정을 이야기했다. N의 이야기를 들은 김 대리는 잠깐 기다려보라고 하더니 전화를 몇 통 했다. 그리고 어이없을 정도로 순식간에 문제가 해결됐다. 종일 피를 말리던 일이 해결되자 너무 고마운 마음에 N은 김 대리에게 커피를 사다 주며 연신 고맙다고 인사했다.

"별거 아닌데요, 뭘. 괜찮아요."

멋쩍은 듯 웃는 김 대리를 보니 이제까지 생각한 것처럼 심술궂고 악의에 찬 사람이 아니었다. 알고 보니 김 대리는 딱히 N을 싫어해서가 아니라 원래 잘 웃지 않는 사람이었다. 첫날 인사를 안 받아준 것도 원래 일에 집중할 때는 남에게 반응하지 않는 습관이 있어서였다.

이 일은 곤란한 상황에 처하면 피하거나 남에게 미루려고만 했던 N이 자신의 태도를 돌아보는 계기가 되었다. 문제를 피하지 않고 다가가면 100퍼센트 불가능한 것처럼 여겨지던 일이 100퍼센트 가능한 일로 변할 수도 있다. 이후부터 N은 안 된다 싶은 일이 생기면 직접 다가가 확인하게 되었다. 그렇게 해서 실체를 살펴보면 일의 태반은 '되는 일'이었다. 그때부터 N은 사는 게 뜻대로 된다는 기분을 느끼면서 살고 있다.

자기 통제감이 없는 사람들은 모호함과 불확실성 속에서 모든 것들이 저절로 정체를 드러내고 해결되기를 기다린다. 실제로 삶의 많은 문제들은 남이 나서서 해결하거나 저절로 해결되기도 한다. 그러나 되어가는 대로 휩쓸려서 사는 삶에는 가치를 부여하기 어렵다. 그리고 삶은 개선되지 않는다. 인력으로 안 되는 일이라서 시간이 흐르기를 기다릴 수밖에 없는 일이라도 그 사실을 확인하기 위한 최소한의 노력이라도 기울이는 사람만이 자기 인생의 통제권을 쥘 수 있다.

이들의 특징 중 하나가 '나쁜 인내심'이다. 현재가 못마땅하고 고통스럽지만 거기서 빠져나오는 일에 대해 책임을 지기가 두렵다. 그래서 무작정 참고 견딘다. 그런 종류의 인내심은 원래 대가가 없는 것인데도 그들은 '왜 삶이 나아지지 않느냐'며 억울해한다.

자기 통제감을 높이기 위해서는 직접 움직여 불확실성을 걷어내고, 자신의 의지로 선택하는 연습이 필요하다.

'바닐라 라테를 주문했는데 생각보다 맛이 없다. 혹시 시럽이 덜 들어가서 그런가? 바닐라 시럽을 더 넣어달라고 하면 추가 요금을 내라고 할까? 그렇게까지 하고 싶지는 않은데……. 맛이 쓴 게 시럽 탓이 아닐 수도 있지 않을까? 아…… 귀찮은데 그냥 참고 마시자.'

이렇게 생각만 하지 말고 카운터로 가서 바닐라 시럽을 더 넣어줄 수 있는지 물어보라. 그러면 10초 안에 더 나은 커피를 마시며 만족감을 느낄 수 있을 것이다.

'냉장고를 사는데 신용카드 혜택을 같이 받을 수 있는지 정확히 이해를 못했어. 직원이 안 된다고 말은 안 하고 이런저런 혜택을 넣어서 맞춰주겠다고 했는데 그게 중복 할인이 된다는 뜻이겠지? 맞겠지, 뭐.'

이렇게 미루어 짐작하지 말고 이해가 될 때까지 다시 물어보라. 그러면 같은 물건을 수십만 원 더 비싸게 사는 억울함을 면할 수도 있다.

미심쩍은 것, 불확실한 것을 그냥 내버려두지 말고 투명하게 확정하는 연습을 하라. 그러면 점점 삶의 주도권을 쥐기 위해 내가 해야 할 일들이 보일 것이다.

또 작은 일이라도 행동으로 옮기는 습관을 들이자. 궁금한 일이 있으면 묻고, 실례가 안 되는 선에서 부탁하고, 당연해 보이는 일도 다시 알아보면, 내 인생에 대한 결정권이 조금씩 생긴다. 그러다 어느날 내 삶의 방향키를 내가 쥐고 있다는 것을 깨닫게 될 때, 같은 조건을 가진 다른 사람보다 훨씬 나은, 질 높은 삶을 살고 있는 자신을 발견하게 될 것이다.

 신이 아닌 인간의 영역에서 할 수 있는 일은 다 해보자. 삶이 내 편으로 돌아서는 것을 느끼게 될 것이다.

나는 사랑할 만한 가치가 있는 사람인가

나쁜 사람의 자존감

인간이 아무리 이기적인 존재라 하더라도 이기성과 반대되는 몇 가지 천성을 갖고 있다는 것은 명백하다. 이 천성 때문에 인간은 타인의 운명에 관심을 가지게 되며, 타인의 행복을 필요로 한다. 비록 그것이 바라보며 흐뭇해하는 것 외에 아무 이득이 없다고 해도 말이다.

—애덤 스미스(Adam Smith)

애덤 스미스는 '보이지 않는 손'이라는 말의 출처인 『국부론(*The Wealth of Nations*)』의 저자이자 경제학자로 알려져 있지만, 그 자신은 이후에 쓴 『도덕감정론(*The Theory of Moral Sentiments*)』을 더 아꼈다. 이 책의 주장은 한마디로 모든 사람들이 자기 이익에 따라 행동하면 결국 사회에 이익이 된다는 것이다. 그 근거가 바로 위에서 인용한 '이기성에 반(反)하는 천성'이다.

사람들은 제아무리 이기적이어도 남의 불행 위에서는 행복할 수 없는 천성이 있기 때문에 자신의 이득을 위해서라도 사회적으로 해악이 되는 일만 할 수는 없다는 말이다. 그래서 모든 사람들에게 자신의 이득을 위해 행동할 수 있는 기회가 공평하게 제공된다면 사회는 결국 선한 방향으로 나아갈 것이라는 게 그의 주장이다.

나는 그의 주장이 틀리지 않다고 생각한다. 그의 사상은 현대적인 경제 개념을 낳았고 이후의 철학과 도덕에도 영향을 미쳤기 때문이다. 역사가 진보한다는 것에 동의하지 않는 사람도 많지만, 어쨌든 여자인 나는 1천 년 전 로마제국에서 태어났다면 이렇게 책을 쓴다는 사실만으로도 마녀로 몰려 화형을 당했을 테고, 300년 전 조선에 태어났다면 글조차 배우지 못했을 것이다. 내가 하고 싶은 일을 하면서 내 행복을 추구하고, 남의 행복에 조금이나마 기여하려고 노력할 수 있는 건 일정 부분은 애덤 스미스 덕분이다. 하지만 개인적으로 동의할 수 없는 부분이 있다. 불행한 사람은 남의 불행에도 아랑곳하지 않고 이기적인 행동을 한다는 것이다. 그리고 이것은 자존감과도 관계가 깊다.

우리는 이기적인 사람들을 지켜보면서 자존감이 높다고 생각하기 쉽다. 자존감은 자신을 사랑하고 존중한다는 뜻이니까, 자신의 이익대로만 움직이는 모습이 그렇게 보이는 것이다. 그리고 어딘지 모르게 공평하지 못하다고 느낀다. 세상에 해가 되는 사람들이 자존감마저 독점하고 있는 기분이 들기도 한다.

그러나 나쁜 사람들이 자존감을 갖기란 쉬운 일이 아니다. 애덤 스미스가 말한 대로 사람은 이기적이지 않은 천성이 있기 때문에 남을 불행하게 하는 자아를 존중하는 건 불가능하다. 그래서 아무리 나쁜 사람이라고 해도 자신이 정말 나쁜 사람이라고 생각하는 사람은 없다.

전에 살던 곳에 악덕 건물주라고 인근에 소문이 자자한 사람이 있었다. 세 들어 있는 점포가 장사가 잘되면 갖은 방법으로 권리금도 없이 쫓아내고는 상호까지 그대로 가져와 장사를 하거나, 인테리어 확장 공사를 하게 해놓고 계약 연장을 안 해주어 시설비를 가로채는 식이었다. 그 건물에서 크건 작건 손해를 입지 않고 나간 세입자는 거의 없다며 악명이 높았다. 건물주는 돈을 위해서는 물불을 안 가리는 사람이었고, 자신의 처사가 법 테두리를 벗어나지 않는다며 항상 당당했다.

그런데 한번은 우연히 그와 잠깐 대화를 나누다가 의외의 면을 발견하고 깜짝 놀랐다. 그는 자신이 나름대로 세입자들을 배려한다고 생각하고 있었던 것이다. 그러면서 사람들이 은혜도 모르고 자신을 욕한다고 속상해했다. 그는 건물 앞에 나붙은 벽보와 사람들의 시선에 진심으로 상처받은 듯 보였다.

그 집이 가정불화로 풍비박산 나고 가족 간 소송 문제로 건물 주인마저 바뀌었다는 소식은 거의 10여 년이 지난 후에야 듣게 되었다.

사람들은 자신이 남에게 정말 해를 끼치는 사람이라고 생각하면 자아를 지탱하기 어렵기 때문에 어떻게든 자기변명을 한다. 100퍼센트 나쁜 사람은 없는 것도 사실이다. 자신이 가지고 있는 적은 지분의 도덕성을 빌미로 좋은 사람이라며 스스로를 설득하려고 한다. 그러나 아무리 궤변을 끌어들여 스스로를 포장하려고 해도 보편적인 도덕률에 어긋나는 사람들은 자신의 빈틈을 의식할 수밖에 없다. 그것은 낮고 불안정한 자존감으로 나타나 끊임없이 자기 존재를 위협한다. 그래서 애덤 스미스가 말한 의미의 진짜 이기성은 사실 이기적인 행동으로 드러나지 않는다. 조금만 멀리 내다보아도 이기적인 행동은 삶에 득이 되지 않기 때문이다. 남의 행복을 필요로 하는 인간 본연의 천성을 만족시키고, 나는 좋은 사람이라고 자신을 충분히 설득할 수 있어야 삶의 질이 높아진다.

보통 코골이가 심한 사람을 보면 가족들이 가장 힘들겠다 짐작하지만, 실은 그렇지 않다. 코를 심하게 고는 사람은 대부분 청력이 손상된다고 한다. 사람의 귀는 85데시벨 이상의 소음에 의해 손상되는데, 85데시벨에 달하는 코골이 소음을 가장 가까이 듣는 사람이 자신이어서 그렇다. 당사자와 1미터만 멀어져도 소음은 80데시벨 이하로 떨어지니, 가족들은 적어도 청력이 손상되는 건 면하는 셈이다. 아예 잠을 따로 잔다면 코골이의 고통에서 완전히 해방될 수도 있다. 코골이의 가장 큰 피해자는 사실 본인인 것이다.

나쁜 성정과 저열한 도덕성은 코골이와 같다. 겉보기에는 그 주변에 있는 사람들이 피해를 보는 것 같지만, 사실 가장 큰 피해자는 그 자신이다.

그러므로 나쁜 사람들이 높은 자존감을 가지고 잘 산다고 억울해할 일이 아니다. 멀찍이서 보기에는 다 누리고 사는 것 같아 보이지만, 다들 나름의 지옥에서 살고 있다.

내가 가치 있는 사람이라는 증거, 도덕성 가지기

사랑할 만한 사람을 사랑하는 것은 어렵지 않은 일이다. 사랑하려면 느낌이 통해야 한다고들 하지만 외모, 경제력, 인격이 모두 훌륭한데 사랑에 빠지지 않는 경우를 본 적이 없다. 사랑에 화학 반응(chemistry)이 중요하다는 건 이런 조건들이 빠짐없이 훌륭한 사람이 아주 드물기 때문에 부족한 부분을 참아낼 수 있는 개개의 취향이 개입된다는 뜻이다. 절대적으로 훌륭한 건 그게 무엇이건 취향에 상관없이 사랑받기 마련이다.

하지만 모든 면이 절대적으로 훌륭하기란 불가능하다시피 한 일이고, 나를 사랑하는 일에 완벽한 조건이 필요하다면 자존감을 갖기란 불가능하다. 인간은 증명된 것만을 믿을 수 있는 존재이기에 자신이 사랑받을 만한 사람이라는 증거를 스스로에게 보여줄 필요가 있다. 나를 사랑하는 데에도 조건이 필요한 것이다.

그런데 사랑의 조건 중 누구라도 납득할 만한 가장 가치 있는 것이 도덕성이다. 재력이나 외모 등과는 달리 '존중'이라는 감정과 직접적인 인과관계가 있는 요소이기 때문이다. 그러므로 도덕성을 갖춘 사람이 된다는 것은 자존감을 위해 가장 중요하다.

돈 때문에 사는 게 죽는 것보다 힘들다고 느끼던 시절, 젊을 때 잠깐 나쁜 일을 해서 바짝 벌고 그걸 기반으로 나머지 인생을 성실하게 사는 것도 괜찮겠다고 생각한 적이 있었다. 다행스럽게도 나쁜 일로 돈을 벌 기회가 없었고, 겁은 또 많았다. 스쳐 지나가는 것이었을망정 얼마나 위험한 생각이었는지 깨닫는 데는 그리 많은 세월이 필요하지 않았다.

양심을 팔아서 하는 일들이 돈을 버는 데에는 그만한 이유가 있다. 양심이 그만큼 비싸기 때문이다. 보통 젊을 때 범법 행위를 하면서 돈을 번 사람들이 일상으로 돌아오지 못하는 이유가 평범한 돈벌이에 만족하지 못하기 때문이라고들 하지만, 실은 그게 전부가 아니다. 손상된 도덕성 때문에 덩달아 무너져 내린 자존감이 문제인 경우가 더 많다.

도덕성이라는 게 추상적이고 부질없어 보여도 실제적으로는 삶을 지탱하는 커다란 축이 된다. 그래서 자존감에 문제가 있다는 생각이 들수록 도덕적 자부심을 높이는 일에 관심을 기울여야 한다.

그렇다면 도덕적 자부심은 어떻게 생기는 것일까?

> ✎ 우리는 무엇보다도 우리가 어떻게 행동해야 하는지 고찰해야 한다. 우리가 어떤 마음가짐이 되느냐 하는 것은 행동의 성격에 의해 좌우되기 때문이다.
> —아리스토텔레스

아리스토텔레스의 말대로 도덕성은 결국 행동에 의해 좌우된다. 나는 한때 나쁜 일이라도 해서 큰돈을 벌고 싶다는 충동을 느꼈지만 행동으로 옮기지는 않았다. 이건 실제로 행동한 것과는 아주 큰 차이가 있는 것이다. 반대로 마음속으로 착한 마음을 품고 있다고 해서 마냥 선한 사람인 것은 아니다. 자아가 스스로의 도덕성을 인정하고 자부심을 품게 하려면 실천해야 한다. 그리고 여기에도 약간의 용기가 필요하다.

우선 너무 거창하게 생각하지 말고 주변 사람들에게 호의를 베풀어보라. 힘들어하는 지인에게 따뜻한 위로와 도움의 손길 먼저 내밀어보기, 가족들을 위해 선물이나 이벤트 준비해 보기, 눈 온 아침 집 앞 골목길 눈 치우기, 더운 여름날 순찰 도는 경비 아저씨에게 찬 음료수 건네기 등 사소하지만 선뜻 나서게 되지 않는 일들이 많다. 세상에 대한 선의와 도덕이란 꼭 거창한 것만은 아니다.

여기서 더 나아가고 싶다면 봉사나 기부, 후원 등에 참여해 보는 것

도 좋다. 취약 계층을 돕는 일이나 동물, 환경 등에 관심을 가지고 마음이 끌리는 쪽을 택해 내 시간이나 재화를 보태보는 것이다. 아무리 작은 일이라도 더 나은 세상을 만드는 데 일조하고 있다고 느끼는 것은 결코 사소하지 않은 경험이다.

　다만 주의할 것은 베푸는 일에 대해 환상을 갖지 않아야 한다는 사실이다. 내 선의가 칭찬과 고마움으로 돌아올 거라는 기대는 아예 버려야 한다. 사람은 단선적인 존재가 아니어서 호의에 쉽게 익숙해지기도 하고 왜곡해서 받아들이기도 한다. 칭찬이나 보답 없이도 만족할 수 있어야 하고, 반대로 상대가 호의를 이용하려는 태도를 보이면 단호하게 끊어낼 수도 있어야 한다.

그렇기 때문에 낮은 자존감으로 힘들어하는 사람들이 처음부터 종교나 봉사 단체 활동에 너무 깊이 간여하는 것은 만류하고 싶다. 좋은 일을 하는 모임이라고 해서 천사들만 모여 있을 거라고 생각하면 오산이다. 사람이 사람을 상대로 일을 하는 곳인 건 마찬가지인데 잡음이나 충돌이 없을 리 없다. 오히려 이익집단이 구비한 정밀한 체계나 넉넉한 자금도 없이 봉사만으로 일이 돌아가는 현장에서는 '이게 봉사인가, 착취인가'라는 회의에 빠지는 상황도 생긴다. 강력한 자아와 신념을 가진 사람들이 봉사도 현실임을 받아들이고 나서 해도 힘든 법인데, 자아가 약한 사람들이 선한 마음 하나 가지고 뛰어드는 건 무모한 일이다. 나는 20년 넘게 한 봉사 기관에 있으면서 강력한 자존감과 절대적인 행복을 찾은 사람들도 알고 있고, 힘든 시기에 봉사 단체에서 위로를 얻어 그곳에 의존했다가 더 큰 상처를 받고 뛰쳐나온 사람들도 알고 있다. 선의의 적극적인 실천에도 영리함과 단계가 필요하다.

이런 점만 유의한다면 선행이란 나와 남 모두에게 좋은 것이며, 이를 아는 사람들이 생각보다 많기 때문에 세상이 무사히 돌아가고 있는 셈이다.

사람이 도덕적이어야 하는 가장 큰 이유는 그 결과가 타인이 아닌 나 자신에게 돌아오기 때문이다. 따라서 이율배반적이게도 '내가 남 생각할 처지가 아니지'라는 생각이 들 때가 바로 세상에 대한 호의가 가장 필요한 때다. 내가 만난 성공한 사람들의 상당수는 힘든 고비에 다른 사람을 위해' 할 일이 있다는 것을 깨달았을 때 힘을 얻고 자아를 일으켜 세웠다. 가장 연약한 개념처럼 보이는 선이 실은 가장 강한 것이다.

 거창하지 않은 선의의 행동들을 시작해 보자. 작은 용기와 실천이 자존감의 싹을 틔워줄 것이다.

깨뜨린 알 안에는 언제나 자존감이 있다

자존감은 용기에서 나온다

어떤 사람이 더 멋진 건물을 짓기를 원한다면 먼저 자신의 집을 허물어뜨려야 한다. 마찬가지로 건전한 의견을 확립하기 위해서는 기존의 의견들을 제거하는 것이 최선의 방법이다. 이것이 나 자신의 의견으로 굳어진 의견들에 대해 내가 취한 입장이었다.

—르네 데카르트(René Descartes)

데카르트가 『방법서설(Discours de la Méthode)』에서 말한 집의 한 비유는 자아의 성장에 대해 힌트를 준다. 새로운 집을 짓기 위해서라지만 기존의 집을 허물기는 쉽지 않은 일이다. 새로운 집을 얻는 기쁨보다 앞서는 것이 새 집을 지을 비용, 지을 동안의 거취에 대한 걱정, 새삼 익숙하고 편안해 보이는 헌 집에 대한 집착 등이다. 이런 문제들은 새 집을 얻는 기쁨보다 먼저 다가오기 때문에 아무리 새 집이 갖고 싶다고 해도 쉽게 헌 집을 허물 수는 없다. 지금 시점에서 새 집은 추상적인 미래고, 헌 집은 손에 잡히는 현실이다. 그래서 자아의 힘이 약한 사람일수록 헌 집에 집착한다. 자신이 새 집을 지을 수 있다는 믿음이 없기 때문에 헌 집을 무너뜨리고 난 후의 공백을 두려워하며 거부하는 것이다.

자존감을 키우는 것은 자아의 성장과 깊은 관련이 있다. 아이들의 자존감은 어른보다 낮으며, 어설프게 뭘 좀 알게 되는 청소년기는 평생을 통틀어 가장 자존감이 낮은 시기다. 부모가 만들어준 세계에서 안온하게 자라다 새로운 세계를 만나게 되었는데, 결국에는 건너가야 할 그 세계로 갈 능력이 아직은 없다. 그 좌절감이 사춘기의 고통과 낮은 자존감으로 나타나는 것이다. 이 시기를 지나면서 어린 자아를 부수고 깨뜨리지 못한 사람은 아이의 자존감을 가진 어른이 된다. 자존감으로 어른의 세계에서 어려움을 겪는 사람이라면 이전의 세계를 반드시 깨뜨려야 한다. 그 과정에서 필요한 게 바로 용기다. 그래서 자존감은 곧 용기이기도 하다.

K는 1년째 한 남자와 연애를 하고 있다. K보다 여섯 살이 많은 남자

친구는 세상일에 밝고 지식도 풍부해서, 사회 초년생으로서 모든 게 두렵고 어리둥절한 그녀에게는 의지가 된다. 그런데 그녀는 요즘 의문을 느낀다. 그가 없으면 못 살 것 같으면서도 그와 함께하는 시간에 종종 불행한 기분이 들기 때문이다.

며칠 전에는 남자 친구와 데이트를 하다가 그의 부모님이 운영하는 식당에 들렀다. 오후 늦게 갔다가 어영부영 저녁 손님 맞을 시간이 되자 부모님이 온 김에 서빙을 도와달라고 부탁했다. 식당 서빙을 한 번도 해보지 않은 그녀가 망설이자, 남자 친구가 그녀 몫까지 앞치마를 가져와 허리에 둘러주었다.

"잘됐네. 젊은 사람이 서빙하면 손님들도 좋아할 테고. 이왕 온 김에 기분 좋게 도와드리고 가자."

남자 친구의 말에도 일리는 있다고 생각되어 주문을 받고 음식을 나르기 시작했다. 그러나 요령 없는 그녀에게 식당 서빙은 생각만큼 쉽지 않았다. 밀려드는 손님을 알맞은 자리로 안내하는 것부터 헤매기 시작하더니, 어느 테이블에 무슨 음식을 갖다주어야 하는지, 누가 반찬을 추가로 달라고 했는지 도통 기억을 할 수가 없었다. 이 정신없는 와중에 그녀를 더욱 주눅 들게 한 것은 부모님과 남자 친구가 그녀를 대하는 방식이었다.

"해물 뚝배기는 3번 테이블이라니까! 어이구, 답답해."

"젊은 사람이 일머리가 없네."

K는 구박받는 삼류 일꾼이 된 기분으로 고된 저녁 시간을 보냈다. 일이 끝나고 나서 적게나마 용돈이라도 챙겨줄 줄 알았던 남자 친구

의 부모님은 수고했다는 말끝에 다음에 또 오라는 당부를 덧붙일 뿐이었다.

"엄마가 좋아하시더라. 우리 K, 오늘 수고했어. 이럴 때 점수도 따고 좋지? 그렇지?"

돌아오는 길에 이렇게 말하며 싱글벙글하는 남자 친구에게 기분이 엉망이라고 말할 수가 없었다. 사실 왜 이런 기분이 드는지 정확히 설명할 수도 없을 것 같았다. 좋게 생각하자면 사랑하는 남자 친구의 부모님을 선의로 도와드린 아름다운 상황일 수도 있는데, 자신이 일반적인 예의를 몰라서 이렇게 느끼는지도 모르겠다는 생각이 들었다.

문제는 이렇게 자신이 철없고 어려서 기분이 상하는 것 같은 상황이 적지 않다는 것이었다. 이런 상황마다 그녀의 기분을 설명해 주는 것은 남자 친구였다.

"데이트 때 남자가 매번 집에 데려다주는 건 일반적인 게 아냐. 네가 잘 몰라서 당연한 일을 기분 나쁘다고 생각하는 거야. 남자도 피곤한 건 마찬가진데 공평하게 중간에서 만나서 각자 알아서 들어가는 게 맞지. 범죄 무섭다는 둥 하는 것도 다 생각 없고 의존적인 여자애들이나 하는 말이야. 우리나라 치안이 얼마나 좋은데."

남자 친구의 태도에 묘하게 마음이 다칠 때도 많고 다른 친구들의 연애와 비교해 보면 속상할 때도 많지만, 그녀는 감히 이별을 감행할 수가 없다. 남자 친구와 함께하는 대부분의 시간은 안락하고 포근하기 때문이다.

단적으로 말하자면 K의 남자 친구가 하는 행동은 자신의 여자를 소중히 대할 줄 아는 남자들이 일반적으로 하는 행동이 아니다. 그녀는 받아서는 안 될 대접을 받으며 연애를 하고 있고, 이 관계에서 벗어나야 하는 게 맞다. 객관적으로는 결론이 뻔히 보이는 상황이지만, 막상 그 상황 안에 들어가 있으면 쉽게 판단이 안 설 때가 많다. 이럴 때 상대를 조종하며 이용하려 드는 사람들에게 희생되는 것이 바로 불안정한 자존감을 가진 사람들이다.

그들은 자신에 대한 신뢰가 부족하기 때문에 자신이 느끼는 기분이 정당한가에 대한 확신도 부족하다. 그래서 확신을 가진 상대방의 기분과 논리에 끌려가는 것이다. 때로 K와 같은 이들은 자신에게 없는 단호함을 갖고 있는 것처럼 보이는 상대에게서 안정감을 찾기도 한다. 같은 이유로 이들은 깨고 나와야 할 상황을 안주해도 되는 상황으로 해석하려 든다. 데카르트가 말한 '헌 건물'을 무너뜨리고도 후회하지 않을 자신이 없어서다.

일단 용기를 내어 뭐라도 깨면, 설사 잘못된 판단이라도 배우는 게 있다. 중요한 건 내가 나를 믿고 움직였다는 사실이다. 이 움직임은 불확실한 것의 윤곽이 드러나게 해준다. 용기를 내 껍질 밖으로 나온 자아는 한 번의 변태(變態)로도 엄청나게 많은 것들을 학습하게 된다.

이런 과정을 거치지 않고 어른의 자존감을 가지기란 불가능한 일이다.

자존감은 행동과 함께 자란다

원헌이 물었다.

"원망하고 욕심내는 것의 싹을 이겨내어 그런 행위가 행해지지 않게 한다면 이런 사람을 어질다고 할 수 있습니까?"

공자는 이렇게 답한다.

"그렇게 하는 것만도 쉬운 일은 아니지만 그렇게 하는 사람이 어진 사람인지는 내 알지 못하겠다."

— 공자(孔子)

원헌은 청빈하고 고결한 선비의 상징으로, 공자가 가장 아끼는 제자 중 하나이기도 했다. 그런 자신의 미덕을 본인도 잘 알고 있었는지, 스승을 떠보는 듯한 질문을 한다. 원망과 욕심을 비우고 그런 행동을 아예 안 하고 살면 훌륭한 사람이 맞냐고 물은 것이다. 그가 원한 대답은 "그래, 너처럼만 살면 그걸 군자라고 할 수 있겠다"쯤이 아니었을까.

그런데 공자는 그의 기대에 어긋난 대답을 한다.

"그런 행동 안 하는 것도 쉽지는 않지. 그렇다고 나쁜 행동을 안 할 뿐인 사람이 마냥 훌륭하다고 대답하기는 좀 곤란한데?"

공자는 진짜 좋고 훌륭한 행동은 나쁜 짓을 안 하는 게 아니라 좋은 것을 행동에 옮기는 데 있다고 말한 것이다. 실제로 자신이 선하다고 믿는 사람들 중에는 행동을 하지 않아서 그 자신과 주변에까지 해악을 끼치는 사람이 많다. 이런 사람들이 똑똑하기까지 하면 행동하지 않는 합리적인 이유까지 유려하게 다듬어 내밀기 때문에 설득하려는 시도조차 할 수 없다. 이런 점까지 꿰뚫고 있어서였는지 공자는 이런 말도 남겼다.

"군자는 말을 어눌하게 하려 애쓰고 행동은 민첩해야 한다."

자존감 문제를 겪는 사람들의 상당수는 행동에 어려움을 겪는다. 성격이 외향적이고 활동적이어서 전혀 그럴 것 같지 않은 사람들도 그렇다. 말이 많고 몸의 움직임이 잦을 뿐, 자신의 말과 생각을 행동으로 옮기지 않는 것은 마찬가지다.

그들이 행동하는 것을 어려워하는 이유는 자신의 못난 자아가 현실의 피와 살을 입고 햇빛 아래 드러나는 것이 두렵기 때문이다. 무언가를 하지 않음으로써 자라난 무기력한 자아는 자신의 맘속으로만 마주하기에, 못났더라도 추상적으로 못났다. 막연하게 못난 것은 구체적으로 못난 것보다 견딜 만하다.

행동하기가 어려운 또 다른 이유는 거절이 두렵기 때문이다. 행동은 곧 세상과의 상호작용이다. 상호작용을 하다 보면 필연적으로 타인에게 거절을 당할 수도 있는데 이를 견디기 어려워하는 것이다. 자존감이 강한 사람들은 거절을 경험해도 그 일 때문에 자기 가치가 훼손된다고 여기지 않지만, 그렇지 않은 사람들에게는 거절당하는 것이 무슨 수를 써서라도 피하고 싶은 일이 된다. 그래서 거절당할 가능성이 있는 일을 시도조차 안 하는 것이다.

I는 회사 선배 S가 싫었다. 왜 싫으냐고 묻는다면 꼬집어 말할 수 없었지만, 어쩐지 인간미가 없다는 느낌이 든다고밖에는 대답할 수 없었다. S는 무엇이든 열심히, 그리고 잘하는 사람이었지만 늘 벽이 느껴졌다. 그렇지 않아도 매일같이 사표 쓰고 싶은 생각이 드는 I는 사수가 마음을 붙일 수 없는 사람이라 못마땅했다.

하루는 S가 웬일로 I에게 다가와 말을 걸었다.

"I 씨, 입사 때보다 많이 날씬해진 것 같은데 비법이 뭐예요? 요즘 배가 나와서 앉아 있기도 힘들어서 나도 따라 해보려고요."

사실 I가 살이 빠진 건 스트레스 때문이었다. 하지만 진지한 눈빛으로 대답을 기다리는 I에게 차마 저절로 살이 빠졌다고 말할 수가 없었다. 그래서 인터넷에서 주워들은 말로 대충 둘러댔다.

"탄수화물을 줄이고 저녁 7시 이후론 아무것도 안 먹었고요……. 아, 그리고 앉아 있을 때 두꺼운 책을 허벅지 사이에 끼고 있었어요. 허벅지랑 배에 힘이 들어가서 뱃살이 빠진다고 해서요."

다음 날, I는 업무 때문에 S의 자리에 갔다가 깜짝 놀랐다. S가 어디서 구해 왔는지 백과사전 두께의 책을 허벅지에 끼고 일을 하고 있었던 것이다.

'그걸 하란다고 진짜 하니?'

이 말이 자신도 모르게 입 밖으로 새어 나올 뻔했다. 눈치로 봐서는 탄수화물은 안 먹고 늦은 저녁도 먹지 않는 게 틀림없었다. 더 놀라운 건 한 달 후, S가 정말로 살이 빠졌다는 사실이었다.

그때부터 I는 S를 눈여겨보게 되었다. 그녀는 어디서 좋은 정보를 듣거나 결심이 서면 즉시 행동으로 옮기는 게 습관이 된 사람이었다. 부서 회식 때였는데, 절대 예약이 가능하지 않은 인기 레스토랑이 물망에 올랐다. 다들 가보고 싶어 했지만 어려울 거라며 우물쭈물하는 동안 S가 전화를 걸더니 예약이 되었다고 해서 모두를 놀라게 했다. 원래는 예약이 안 되는데 10인 이상 단체 손님만은 예약을 받아주는 나름의 규정이 있다고 했다. 전화를 거는 '행동'을 하지 않았으면 몰랐을 사실이었다.

물론 S가 하는 일이 모두 그런 식으로 풀리는 건 아니었다. 안 되는 일도 많았지만, 아무것도 하지 않는 I보다는 훨씬 많은 것들을 얻어 냈다. 몇 달 후에는 S가 상가 하나를 분양받아 월세 수입자로 살고 있다는 것도 알게 되었다.

I는 S와 붙어 지내면서 그녀의 행동 양식을 따라 해보게 되었다. 첫 시도가 좋아하는 라디오 프로그램에 사연을 보내서 좋아하는 DJ에게 전화를 받아보는 것이었다. 설마 그런 일이 생길까 했는데, 두어 번의 시도 끝에 정말 전화를 받게 되었다. 평소 그 프로그램을 들으면서 항상 어떤 운 좋은 사람이 저렇게 뽑힐까 부러워만 하던 참이었다.

그때부터였다. 무언가 하고 싶은 일이 생각나면 바로바로 해보기 시작한 것이. 그러자 생활에 조금씩 자신감이 붙기 시작했다. 게다가 그만두고 싶었던 회사에도 잘 적응하고 주변에서 일 잘한다는 말을 들게 되었다.

그렇게 2년여가 흘렀고 I는 전부터 가고 싶던 회사로 옮기게 되었다. 연봉도 30퍼센트나 올라서 성공적인 이직이었다. 환송회 때 I는 S에게 작별 인사를 하면서 묘한 감정이 들었다. S는 전혀 모르겠지만 I에게는 은인이라면 은인인 사람이었다. 그런데도 여전히 S가 싫었다. I는 그녀에게서 배운 행동력에 인간미만 더 보충해서 훨씬 나은 사람이 되자고 결심했다. 그리고 그럴 수 있겠다는 생각이 들었다.

행동을 하면서 세상과 상호작용을 하다 보면 당연히 서툰 모습을 발견하고 스스로에게 실망하거나 실패하기도 한다. 자존감이 약한 사람들은 그것을 '존재의 실패'로 결론 내버리기 때문에 행동하기가 어렵다. 그러나 행동을 하는 것이 몸에 익으면 시행착오를 하나의 과정으로 가볍게 넘길 수 있는 힘이 생긴다.

행동이 중요한 이유는 세상과 연결되고 소통이 가능하다는 것을 확인할 수 있기 때문이다. 내가 신호를 보내고 세상이 반응을 하는 경험은 사소한 일이 아니다. 나라는 존재가 원하는 것에 관한 행동을 하고 응답이 오는 것을 확인할 때마다 자존감이 적립된다. 거창할 필요도 없고 태산처럼 꿈쩍 않는 사람을 설득해야 하는 극한 과제일 필요도 없다. 그저 공자의 권유처럼 '민첩하게' 움직일 수 있으면 된다. 즉시, 가볍게, 습관처럼.

나는 오래전부터 수많은 사람들에게서 책을 쓰는 방법에 대한 질문을 듣곤 하는데, 그들 중 글을 쓰거나 책 쓰기에 대해 인터넷 자료 검색이라도 한 번 해본 사람들이 거의 없다는 데에 매번 놀란다. 모순되게도 정작 책을 내는 법을 인터넷으로 알아보았거나 글을 써놓은 사람들은 내게 물을 것도 없이 이미 책 내는 과정에 들어가 있다.

전부터 생각만 하던 바람이 있다면 그것을 위해 당장 실천할 수 있는 게 뭐가 있는지 생각해 보라. 이탈리아반도 종주가 꿈이라면 당장 은행 사이트에 들어가 '이탈리아 여행'이라는 이름을 붙인 적금 구좌를 틀 수도 있는 일이다. 갑자기 남자 친구가 만들고 싶어졌다면 친구들에게 소개팅을 부탁하는 메시지를 돌리고 남녀가 동석하는 모임에 불러달라는 당부라도 넣어놓자. 하다못해 복권 당첨도 일단 복권을 사는 사람들의 몫이지 않은가.

행동을 해야 세상이, 그리고 내 자아가 반응을 한다.

나를 둘러싸고 있는 '깨지 못한 장벽'이 무엇인지 생각해 보자. 그리고 그것을 깨기 위한 행동을 작은 것이라도 한 가지 해보자.

3장

편견 없이
나를
인정할 것

경험, 약인가 독인가

경험과 함께 자라는 자존감

🍃 인간의 정신은 아는 것을 통해 알지 못하는 것을 추론하는 과정으로 진행된다. 그리고 인간 정신은 감각적 지식, 즉 사물의 귀결에 대한 많은 경험 없이는 그것을 지각할 수 없다. 여기서 인간의 기질은 불리한 사건에 의해 수정된다.

—토머스 홉스(Thomas Hobbes)

유물론자인 홉스는 이기적인 인간성을 제어하기 위해 절대적인 통치 권력이 필요하다고 주장했다. 이 사회계약설이 후에 절대군주들에게 이용되는 바람에 오랫동안 오해를 받기도 했지만, 그가 말한 절대

권력은 국민에게서 나오는 현대 민주주의에도 부합된다고 해석되며 재평가받고 있기도 하다. 그런 홉스가 바라본 인간은 경험 없이는 도무지 배울 수 없는 존재이기도 하다.

사실 우리가 배우고 있는 모든 것은 어찌 보면 '당연히 아는 것들'이다. 그 아는 것들을 통해 '모르는 이면'을 배우는 게 학문이다. 특히나 홉스는 '감각적 지식', 즉 경험을 통해야 세상 돌아가는 이치를 알 수 있다고 강변한다. 그리고 인용의 마지막 문장에서는 시련을 만나면 자신을 돌아보고 고치게 된다고도 말한다.

우리 사회에서는 경험이라는 말에 대한 피로도가 큰 것으로 보인다. 미숙련 노동력을 착취하는 악덕 업주의 자기 합리화 수단으로 악용되는 경우도 적지 않아서인지, "젊어서 고생은 사서도 한다"는 속담은 요즘 금기어에 가깝다. 사실 이 속담이 자주 인용되는 맥락에는 나도 동의하지 않는다. 세상은 그냥 숨만 쉬며 사는 것도 고생이다. 아무리 좋은 환경에 처해 있어도 나름의 어려움과 고민이 있다. 굳이 찾아 나서지 않더라도 알아서 척척 찾아와주는 고생을 돈 주고 사서라도 해야 하는 나이란 없다. 우리에게 필요한 경험이란 그런 것이 아니다.

H를 처음 봤을 때는 수줍은 여대생이라는 인상이 전부였다. 일부러 강의를 들으러 찾아온 독자들이라면 강의가 끝난 후 가져온 책에 사인을 받거나 함께 사진이라도 찍는 게 보통인데, 그녀는 몇 번이나 행사장을 찾아와서는 맨 뒷자리에서 강의만 듣고 슬며시 나가곤 했

다. 나중에 이메일로 기나긴 편지를 받고서야 그녀가 당시 낯선 사람에게 자신을 드러내고 말을 걸 만큼의 에너지조차 없는 상태였음을 알게 되었다.

H는 지방 소도시에서 서울로 유학을 온 대학생이었는데 도통 대학 생활에 적응하지 못했다. 결국 아무런 계획도 없이 휴학을 하고 허송세월하며 자신을 비관하고 있던 기간에 도서관에서 책을 빌려 읽다가 내 강의까지 찾아온 것이었다. 그때 그녀가 한 일이라고는 도서관 다니면서 책을 읽고, 방세라도 보태자고 시작한 카페 아르바이트가 전부였다.

그러던 어느 날, 고향 친구의 언니가 H에게 갑작스러운 제안을 해왔다. 언니는 가족 소유의 건물에서 카페를 운영하고 있었는데 남편 사업과 아이의 교육 문제가 겹쳐 가족 전체가 해외에 체류하게 되었다. 7개월이라는 애매한 시간을 비워야 하니 그사이에 카페를 좀 맡아달라는 것이었다. 언니가 H를 선택한 이유는 그녀가 1년째 카페에서 아르바이트를 하고 있었기 때문이었다.

"힘들게 자리 잡은 카페인데 그냥 죽이기 아까워서 그래. 이렇게 급하게 7개월짜리 사장으로 일해 줄 믿을 만한 사람도 없고. 매출 이익은 네가 다 가져가고 그냥 카페 문만 열려 있으면 돼."

아무런 경험도 없는 휴학생에게는 분명 부담스러운 제안이었다. 그러나 한편으로는 어차피 카페 아르바이트도 자신이 일을 다 하고 있는데 뭐가 그리 다를까 싶기도 했다. 고민을 하다가 어디선가 들었던 말이 생각났다.

"할까 말까 할 땐 하라!"

그래서 언니의 제안을 받아들이기로 했다.

카페 운영은 생각과는 달리 엄청나게 힘들었다. 체력이 약하고 천성이 게으른 그녀는 하루에도 몇 번씩 카페 문을 닫고 도망쳐버리고 싶었다. 그나마 카페 아르바이트를 오래 하면서 음료 제조나 손님 응대에 익숙한 덕에 버틸 수 있었다. 두 달이 지나자 조금씩 안정되기 시작했고 본인이 가져가는 순이익도 늘었다. 가게 월세가 나가지 않기에 가능한 일이었지만, 통장에 돈이 쌓이는 재미를 처음으로 맛보게 되었다. 나중에는 근처 피자집과 공동 이벤트를 기획하는 등 매출을 더 올리기도 했다.

7개월 후 주인이 돌아왔고 그녀도 원래의 자리로 돌아왔지만, 젊은 나이에 사장이라는 자리를 경험해 본 H는 이전과는 같은 듯 다른 삶을 살게 되었다. 졸업 후 어렵지 않게 취업할 수 있었고, 지금은 창업을 꿈꾸며 실력을 쌓아나가고 있다.

H의 사연을 듣다 보면 그녀가 남보다 적극적이거나 능력 있는 사람이 아님을 알 수 있었다. 평범한 데다가 오히려 자존감이 약한 축이었다. 그러나 경험을 받아들이는 데 거부감이 없어 '반강제적인 적극성'을 가졌던 것이다. 어느 정도 책임감이 있는 사람이 경험의 상황에 던져지게 되면 어쩔 수 없이 적극적으로 행동하며 자기 발전을 하게 되는데, 그녀가 그런 경우였다.

제대로 된 경험은 새로운 자신을 발견하게 해준다. 경험의 상황에서 제때 빠져나와 다음 단계로 넘어가야만 할 때를 아는 것도 중요한데, 어느 정도 몰두했을 때에만 알 수 있는 것이기도 하다.

삶에 경험을 적극적으로 수용하는 사람은 인생의 프리미엄을 누리게 된다. 어떤 일이건 단 한 번이라도 경험한 것과 한 번도 경험하지 않은 것은 큰 차이가 있다. H가 주인 대신 카페를 맡게 된 행운을 누린 것도 카페 아르바이트라는 별것 아닌 경험 덕분이었다.

나 역시 그녀처럼 경험의 수혜자다. 글을 쓰는 일을 업으로 하겠다고 결심하게 된 계기는 대학 시절 아르바이트로 쓰게 된 상황극 대본이었다. 또 영화 시나리오를 쓰던 내가 지금처럼 책을 쓰기 시작한 것도 동화 창작 집단에서 어린이책을 쓰다가 실패한 경험 덕이었다. 우연히 만난 출판사 사장님이 어린이 책 브랜드를 새로 내는데 신인 작가가 필요하다고 했고, 내가 동화를 써본 경험이 있다고 하자 당장 기회가 주어졌다. 그 원고가 출판되지 못했는데도 말이다. 그렇게 해서 인연이 닿은 책 쓰기는 천직이 되었다. 글을 쓰는 것을 업으로 삼고 싶으나 재주를 타고나지 못했다는 비관, 나와 주변을 지킬 만큼 윤택하지 못한 삶으로 인해 의기소침했던 나는 수많은 경험을 통해 점점 든든한 자아를 갖게 되었다.

경험은 자신의 삶을 장악하는 기분이 들게 해준다. 당장 아는 길을 걸을 때와 모르는 동네를 걸을 때의 자세부터 다르지 않은가. 삶의 길에서 어깨를 편 채 똑바로 앞을 보고 넓은 보폭으로 걸을 수 있게끔 해주는 게 경험이다.

물론 경험이 인생의 보증수표는 아니다. 성찰을 할 줄 모르는 사람들은 경험을 자아 성장의 계기로 만들지 못하지만, 그래도 경험을 하지 않는 것보다는 낫다.

나쁜 경험을 피하기 위해 경험을 피하라?

독자 간담회 뒤풀이 자리에서 경험에 대한 주제로 이야기가 오간 적이 있다. 내가 아르바이트도 안 하는 것보다는 하는 것이 낫다는 말을 하니, 한 독자가 이런 질문을 했다.

"저는 돈을 모아서 여행을 가고 싶어요. 그래서 아르바이트를 구해보고 싶지만 아빠가 너무 반대를 하세요. 어차피 사회 나가면 고생할 텐데 뭐하러 미리 험한 세상을 겪느냐며, 대학생 아르바이트가 단순직이 많다 보니 무시당하기 쉬운데 그 경험이 오히려 트라우마가 될 수도 있다고요. 그 시간에 차라리 스펙을 쌓는 편이 사회에 나가서 더 도움이 된다고 하시는데 어떻게 생각하세요?"

사람에 따라서 스펙을 따지는 조직에서 일하는 게 맞는 사람이 있고 그렇지 않은 사람이 있다. 스펙을 중시하는 조직이라면 아버지의 말이 맞을 수도 있다. 그러나 아이러니하게도 자신이 둘 중 어떤 성향인지 알려면 경험을 많이 해보아야 한다.

부모란 멀리 보면 이득이 된다는 걸 알더라도 눈앞에서 자식이 고

생하는 것은 차마 못 보는 사람들이다. 사회생활을 하면서 돈을 버는 게 얼마나 험한 일인지 잘 알기에, 자식이 그 현장에 나가는 걸 다만 몇 년이라도 늦추고 싶기도 할 것이다. 그러나 언제나 자식은 부모 생각보다는 훨씬 성숙해 있으며, 인간 자체가 그리 나약하지도 않다.

심리학자들의 추적 관찰에 의하면, 감당 못할 것 같은 큰 고난을 겪은 사람들도 80퍼센트 이상은 트라우마 없이 이전의 상태로 무사히 돌아간다고 한다. 여기에는 사랑하는 사람의 죽음, 장애 등 생각하기조차 겁나는 일들까지 포함된다. 그러니 아르바이트할 때의 어려움 정도로 트라우마가 생길 사람이라면 이미 사회생활을 할 수 있는 범주에는 속하지 않는 셈이다. 진화 과정에서 인간 유전자의 가장 큰 숙제는 적응이었다. 우리는 스스로 짐작하는 것보다 훨씬 적응 능력이 뛰어나고, 오히려 그 적응력 때문에 행복한 감정조차 오래 유지하지 못하는 존재다.

다양한 생존 방식을 발견하는 것이 살아남는 데 유리했기에 DNA는 새로운 경험을 아주 반긴다. 그 상으로 뇌는 쾌감을 느끼게 하는 호르몬을 분비하고, 이 쾌감은 자아의 성장에 큰 도움을 준다.

나는 심리적 외상, 즉 트라우마의 반대 개념인 외상 후 성장(post-traumatic growth)이라는 말을 좋아하는데, 이것은 심리적 외상을 겪고 난 후 회복하면 자존감이 비약적으로 성장하는 것을 의미한다. 일상에서는 나쁜 경험이 트라우마 상태로 남아 있기보다는 외상 후 성장으로 이어지는 경우가 훨씬 많지만, 우리에게는 트라우마가 더 강렬하게 기억된다. 트라우마는 사건 직후 직접적으로 마음을 공격하지만, 외상 후 성장은 훨씬 느린 속도로 작용하기 때문이다.

자존감이 강한 사람들은 대개 외상 후 성장을 의식하고 감사하는 능력이 뛰어나다. 내가 아는 사업가 C는 회사가 어려워져서 해외 지사를 폐쇄하게 되었다. 이런 와중에도 그는 자기 사업이 해외보다는 국내 시장에 맞는 사업이라는 걸 일찍 알게 되어 다행이라고 했다. 그리고 다행인 일들에 대한 근거를 이야기하는데 해석이 너무나 창의적이어서 놀라지 않을 수 없었다. 경험과 좌절, 외상 후 성장의 과정을 반복하며 자아를 키워온 이들의 자존감은 철옹성이다.

한번은 장래가 촉망되는 청년 사업가가 이런 말을 하는 것을 들은 적이 있다.

"제가 나중에 결혼하게 될 사람은 고생을 안 한 사람이었으면 좋겠어요. 결혼하고 나서도 일 못하게 할 거예요. 전 제 아내가 제가 지금 겪고 있는 바깥세상의 치열함을 모르고 안전한 집에서 꽃처럼 살면 좋겠어요."

의지가 확실한 그에게 별다른 말을 해줄 필요를 못 느껴 입을 다물었지만, 여러 가지 의문이 들었다. 경험을 차단당한 사람이 치열하게 일하는 사람과 어떻게 공감할 것인가? 그런 사람과 더불어 행복할 수 있을까? 일을 하지 말란다고 안 할 만큼 자아감이 없는 사람과 사랑을 유지할 수 있을까? 또 자아 성장의 기회를 못 가져 자존감이 낮아진 사람을 그가 감당할 수 있을까?

이 의문과 답을 오가는 사이, 경험과 자존감 그리고 행복의 관계들을 더 명확히 알 수 있게 되었다.

새로운 경험이 주는 일시적인 위축감은 자존감을 떨어뜨리는 것 같은 기분을 들게 한다. 그러나 그 시기만 지나면 자신도 몰랐던 내면의 회복 탄력성을 느끼게 될 것이다. 사람의 마음과 몸과 삶과 역사를 연구하는 모든 학문들이 한목소리로 이야기한다. 경험은 성장과 행복을 위해 말하기에도 입 아플 만큼 필요한 것이라고.

눈앞에 하고 싶은 마음과 하지 못할 이유가 동시에 있을 때에는 단순하게 이 말을 떠올려보라.

"할까 말까 할 때는 그냥 하라."

새로운 경험이 주는 앎의 축적은 우리를 더욱 견고하고 당당하게 만들어줄 것이다.

자신감, 스스로의 힘을 발휘하는 믿음

건강한 자존감 위에 건강한 자신감 있다

장점만 있고 미덕이 없는 사람들을 자부심 강한 사람이라고 하는 것은 옳지 못한 일이다. 그들은 자격이 없는데도 자신이 우월하다고 생각하며 남들을 무시하고 제멋대로 행동한다. 그들은 자부심 강한 사람과 같지 않은데도 그들을 흉내 낼 수 있으며, 실제로 그렇게 한다. 그래서 그들은 덕이 되는 행동은 하지 않으면서 남들을 업신여기기만 하는 것이다.

—아리스토텔레스

자신감은 자존감과 꽤나 자주 혼용되는 말이다. 자신감은 자존감과 겹치는 영역이 있을 뿐, 전혀 다른 말이다. 자존감은 다른 모든 부분에 영향을 끼치는 인격의 요소이지만, 자신감은 특정 대상에 대한 나의 태도다. 굳이 비교해서 설명하자면 자신감은 내가 무언가를 잘할 수 있겠다는 기분이 드는 것이고, 자존감은 내가 잘 못해도 나를 존중할 수 있는 마음이다. 아리스토텔레스가 비판하는 '미덕 없이 장점만 가진 사람들'은 자존감 없이 자신감만 있는 사람들을 뜻한다. 그의 말대로 이런 사람들은 부족한 자존감을 메우려고 자칫 사람들을 무시하기 쉽다. 똑똑하거나 이룬 게 많은데 무례하고 교만한 사람들이 이런 경우다. 그들은 남들의 인정을 받지 못하면 자신을 존중하기 어렵기 때문에, 가시적으로 내세울 수 있는 장점들로 자신을 포장해 내밀고는 은근히 상대방에게 칭찬해 주기를 강요한다.

J는 자존감이 곤두박질치던 시절에 했던 자신의 행동을 생각하면 아직까지 쥐구멍이라도 찾아 들어가고 싶다.

명문대를 졸업한 데다 워낙 똑똑해서 주변의 기대를 많이 받았던 그녀는 구직 기간 중 당시 사귀던 남자 친구의 아이를 가져 계획에 없던 결혼을 했다. 두 사람 모두 사회적으로 자리를 잡지 못한 데다가 당시 부모님들 형편도 좋지 않아서 초라한 출발을 해야 했다. 서울에서 집값이 가장 싼 동네를 찾아 그중에서도 싼 집을 얻어 살았다. 남편이 신입 사원으로 회사에서 일하는 동안, 그녀는 아이를 돌보며 또래 동네 엄마들과 어울렸다. 그런데 그 친구 무리 중 한 사람과 유난히 사이가 좋지 않아 그녀로서는 엄청난 스트레스였다. 그 친구는 항상 J의 심기를 건드리는 말을 했다.

"서연 엄마, 영문과 나왔다더니 다 소용없네. 발음이 우리가 콩글리시로 말하는 거랑 다를 게 없네."

"어머, 서연 아빠가 두 살 많다고요? 난 서연 엄마가 훨씬 연상인 줄 알았는데! 호호호……"

몇 번을 참다가 끝내 크게 싸운 뒤 그 엄마와는 상종도 하지 않았고, 몇 년 후 J는 취업에 성공해 그 동네를 벗어나게 되었다.

최근 그 시절 다이어리에 끼적거려놓은 것을 우연히 보게 된 J는 깜짝 놀랐다. 그녀는 그때 어울리던 동네 친구들의 '수준'에 대해 원색적으로 성토하며 그들과 한 무리일 수밖에 없는 자신을 비관하고 있었다. 중산층 가정에서 태어나 비슷한 엘리트 교육을 받은 사람들과 어울리며 공부만 하다가 갑자기 열악한 환경에 놓이게 된 그녀는 동네 친구들을 볼 때마다 괴로워졌다. 문화적 감수성이 떨어지고 푼돈에 벌벌 떨며 어머니 세대의 가부장적 가치관을 필터링 없이 물려받은 동네 친구들의 모습은 그렇지 않아도 자존감이 바닥을 친 그녀에게는 고통스러운 거울이었다. 그래서 끊임없이 잘난 척을 하며 '나는 너희들과 달라'라는 메시지를 동네 친구들과 그녀 자신에게 확인받으려고 애쓴 것이었다. J와 척을 졌던 여자는 나쁜 사람이 아니라 그런 그녀의 꼴사나운 모습을 참지 못하는 성격일 뿐이었다는 걸 뒤늦게 깨달을 수 있었다.

피나는 노력 끝에 삶의 여건과 자존감을 모두 회복한 J는 자신이 했던 말과 행동이 기억나자 부끄러워 견딜 수가 없었다. 그리고 사람이 자존감을 잃었을 때 그 최악이 어느 정도까지 떨어질 수 있는지 새삼 확인했다.

자신의 능력과 재능에 대해 자신감이 있는 사람들이 강력한 자존 감의 밑바탕 없이 자신감을 잃으면 과거의 J처럼 되기 쉽다. 자존감을 잃은 인격은 폭탄과 같아서 자신보다 못하다고 생각되는 주변 사람 들을 희생양으로 삼는 경우가 많다. 결코 무해하지 않다.

정말 자존감에 문제가 없는 사람이라면 주변 사람을 향해 '저 사람 보다는 내가 낫다' 혹은 '못하다'라는 가치평가를 하지 않는다. 내 안 에 내가 꽉 차 있으면 타인의 인격의 무게도 가볍게 여겨지지 않을 뿐 더러 비교의 필요성도 느끼지 않기 때문이다.

자존감과 자신감을 혼동하는 사람들은 J처럼 생각하고 행동하면 서 자신이 자존감이 높은 사람이라고 착각하곤 한다. 만약 모든 집단 에서 환영받지 못하고 관계에 자꾸 문제가 생긴다면 이런 왜곡된 인 식이 내 안에 있는지 한 번쯤 들여다보아야 한다. 의식하고 성찰하기 만 해도 아주 많은 것들이 달라진다.

자신감은 자존감의 구급상자다

자신감을 자존감으로 착각하는 사람들 중에는 부족한 자존감을 성과에 지나치게 집착하는 것으로 드러내는 이들도 적지 않다. 열심히 도전해서 뭔가 결과물이 나오면 사람들도 인정해 주고 본인도 만족스러운 기분이 든다. 그런데 자존감이 없는 사람들은 자기 존중의 기반이 눈에 보이는 결과물밖에 없기 때문에 끊임없이 성과를 내려 한다. 한동안 업적이 없으면 사람들이 나를 무시하거나 잊을 것만 같아 불안하다. 자존감 있는 사람이 가시적인 성취가 없어도 '나는 진흙 속에 묻혀 있는 보석이야'라고 생각하는 것과는 달리, 이런 사람들은 두각을 드러내면서도 '사람들은 내 진짜 모습이 얼마나 형편없는지 몰라'라고 생각한다.

영화에서는 주인공이 "역시 난 안 돼"라며 의기소침해 있을 때 누군가 조력자가 나타나 자신감을 불어넣어준다. 그러면 주인공은 느닷없이 잠재력을 발휘하며 불가능해 보이는 일을 해내고 만다. 어디까지나 영화니까 가능할 것 같은 이 장면들은 세련된 연출로 여러 변주를 거치며 환호를 받지만, 결국은 '자신감 만능론'을 우리 의식 안에 욱여넣는다. 이렇게 한번 얻은 자신감으로 영화 안에서 차곡차곡 쌓아왔던 모든 문제들을 해결하기까지 하니 말이다. 환상을 거두고 일상에서 이런 일이 일어나는 상황을 살펴보자.

수십 번 취업에 실패한 L은 면접장에서 자신을 마음에 들어한 면접관이 격려해 주자, 어쩐지 자신감이 넘쳐 평소보다 면접을 잘 보았다. 덕분에 드디어 취업에도 성공했다. 그러나 자신이 그 회사에 걸맞은 사람이라는 확신이 없어서 속으로는 늘 주눅이 들어 있다. 자신을 믿

고 격려해 준 상사를 실망시킬까 봐 일도 열심히 하고 성과도 나쁘지 않지만 항상 불안한 마음이 있다. 그는 자기보다 훨씬 능력 있는 회사 사람들이 모자란 자신의 본모습을 눈치챌까 봐 늘 조마조마하다. 워낙 열심히 하다 보니 특정 회사 업무에 대해서는 자신이 있는데, 왜 회사 생활은 불행하고 힘든지 깨닫지 못하고 있다.

자존감이 제대로 자리 잡고 있지 못할 때 일시적으로만 반짝 빛을 발하다가 이내 사라지는 게 현실에서의 자신감이다. 그렇다면 자신감은 정말 쓸모없는 감정일까?

자신감은 인생의 만능 열쇠는 아니지만 삶의 여러 장면에서 반드시 필요한 것이기는 하다. "내가 변하면 세상이 변한다"는 말은 자신감에 의지할 때 참이 되는 명제이며, 인생의 태풍을 만났을 때 의연히 뚫고 갈 수 있는 힘 또한 자신감에서 나온다. 다만 지속 가능한 행복이나 삶의 질 등 우리가 진짜 원하는 것은 자신감에서 나오지 않는다. 자존감이 우리 존재의 바탕이라면, 자신감은 일종의 도구라고 할 수 있다. 그래서 자존감이 다쳤을 때 자신감은 구급상자와 같은 역할을 해준다. 자신감을 도구로 일단 상처를 봉합하고 나면 진짜 건강한 상태로 끌어올릴 수도 있게 된다.

앞서 자존감을 키우는 일이 다이어트와 같다고 했는데, 자신감은 다이어트를 시작할 때 하는 잠깐의 단식과 비슷한 역할을 한다면 더 이해하기 쉽겠다. 본격적인 다이어트에 들어가기 전에 하루 정도 짧은 단식을 권하는 다이어트 전문가들이 많은데, 위 크기를 줄이고 우울한 다이어트 식단을 몸이 좀 더 쉽게 받아들이게 하기 위해서다. 또 일시적이나마 눈에 보이는 성과, 즉 체중계 눈금이 내려가는 걸 스스로에게 보여줌으로써 미래의 청사진을 일깨워주는 목적도 있다. 그러나 눈에 보이는 성과가 있는 굶기에만 의존하면 다이어트는 필연적으로 실패한다. 평생 굶고 살 수는 없기 때문에 머지않아 음식을 다시 먹을 수밖에 없을 테고, 요요 현상은 몸을 이전보다 더 안 좋은 상태로 돌아오게 한다. 다이어트 성공은커녕 건강까지 나빠져서 원점으로 회귀하는 것이다.

자신감에 의존하는 자존감 키우기도 마찬가지다. 언제나 성공하고 성과를 낼 수는 없는 법인데, 오로지 자신감을 느끼는 순간에만 자기 존재를 인정할 수 있다면 그 인생은 피폐해질 수밖에 없다. 그래서 많은 것을 성취하고 높은 자리에 올라가고도 불행하게 사는 사람들이 그렇게 많은 것이다.

낮은 자존감으로 고통받고 있다면 자신감을 도구로 삼아 박차고 올라오라. 여러 일에 도전해 보고 나도 할 수 있다는 순간의 기쁨을 체험해 보라. 그 순간에 느껴야 할 것은 성취와 칭찬으로 요동치는 호르몬의 취기가 아니라, 스스로의 힘으로 삶을 바꿀 수 있다는 믿음이다.

 자신감을 자존감으로 착각하지 말자. 자신감이 없을 때에도 항상 자신을 사랑할 수 있도록 스스로 격려가 필요하다.

잘나지 않아도 괜찮아

성공해야 자존감은 오는가

우리는 무던히 노력하고 있거나 순수하게 지적인 일을 하고 있을 때에만 살아 있는 기쁨을 느낀다. 노력하고 있을 때에는 현실과 목적 사이의 거리감 때문에 기쁨을 느끼는 것이고, 이 기쁨은 목적에 닿는 순간 사라져버린다.

이런 점에서 권력자들의 패물이나 파티의 호화찬란함도 결국 인생의 본질적인 비참함을 모면해 보려는 헛된 시도일 뿐인 것이다.

—아르투르 쇼펜하우어

염세주의자의 대표격을 고른다면 쇼펜하우어만 한 사람이 있을까? 전에는 세상을 지옥으로 보는 그의 사상이 마음에 들지 않았는데, 오랜 시간이 지나 다시 읽은 쇼펜하우어는 달랐다. 그는 삶을 긍정하는 이들과 기본 입장이 다르지 않다.

"인생은 지옥이니까 삶이 힘든 걸 인정하자. 하지만 이왕 태어났으니 조금이라도 덜 괴롭게 사는 현명함을 갖춰야 하지 않겠는가?"

이것이 그 담론의 골자다. 권력과 부가 이 지옥 같은 삶을 그런 대로 살아내는 본질적인 방법이 아니라는 그의 이야기는 자존감을 위해 권력이나 부 따위의 가치들이 얼마만큼 필요한가에 대해 생각해보게 한다.

의외로 자존감과 행복을 연결시키지 못하는 사람들이 많은데, 도도하고 까칠한 드라마 속 주인공을 자존감의 모델로 삼아서 그렇다. 그런 인물들은 대개 매력적이긴 하지만 행복하지는 않다. 편견과는 상관없이 안정된 자존감과 행복은 정비례한다. 행복과 자존감은 서로 영향을 주고받으며 동반 상승하기도, 동반 하락하기도 한다.

심리학자 마틴 셀리그만이 행복심리학을 창시한 계기가 된 수녀들의 삶에 대한 연구는 행복과 삶의 조건에 대해 많은 힌트를 준다.

수녀들의 공동체는 모든 구성원들이 거의 동일한 인생의 조건을 갖춘 몇 안 되는 집단 중 하나다. 사유재산을 가질 수 없으니 똑같은 수준의 경제력을 가지고, 교육 격차도 의미가 없으며, 외양으로 평가받지도 않는다. 삶의 조건이 행복에 절대적인 영향을 준다면 수녀들은 비슷한 행복 수준을 가져야 할 텐데 결과는 전혀 그렇지 않았다. 일반인들과 똑같이 수녀들 사이에도 다양한 행복 수준이 발견된 것이었다.

자존감 역시 행복과 마찬가지로 조건과 필연적인 인과관계가 없다.

M은 어린 시절 무능하고 폭력적인 아버지와 무기력한 어머니 때문에 소극적이고 어두운 아이로 자라났다. 학교에 가면 아무렇지도 않은 척 친구들과 어울렸지만, 자신은 친구들과 다른 세계에 사는 무가치한 인간이라는 열등감을 품고 살았다. 그런 그녀가 동대문시장에서 일을 하게 된 것을 계기로 옷의 유통에 눈을 뜨게 되었다. 나중에 그녀가 오픈한 인터넷 쇼핑몰은 인기를 끌게 되었고, 타고난 감각과 억척스러움으로 적지 않은 재산을 모았다.

M은 어린 시절의 그 겁 많고 가난한 소녀가 더 이상 아니었다. 부유함은 물론이고 사장으로서의 권위와 카리스마, 관리로 갈고닦은 미모와 자신감까지 모든 것을 갖춘 사람이었다. 그러나 그녀는 늘 인간관계에서 어려움을 겪었다. 마음에 드는 사람이 있으면 한없이 베풀어주다가, 어느 순간 사소한 이유로 섭섭해하며 상대의 피를 말리다가 떠나게 만들었다. 동성 친구든 이성 친구든 떠나가는 경로는 비슷했다. 그러다 보니 M의 주변에는 이해관계가 얽혀 있거나 얕은 관계만을 유지하는 사람들만 남게 되었다. 그래서인지 그녀는 종종 술이 들어가면 이렇게 하소연을 하곤 한다.

"난 진짜 사랑받을 가치가 없는 인간인가 봐. 사람들은 하나같이 내 돈밖에 안 봐. 다 똑같아."

어려움을 딛고 사회적으로 성공한 사람들 중에는 의외로 자존감 낮은 사람이 많다. 어린 시절에 형성된 낮은 자존감을 성장 과정에서 끌어올리지 못한 채 그대로 자라 '내면의 아이'를 그대로 갖고 있어서 그렇다. 내면의 성장보다 사회적 성공을 먼저 이룬 사람들은 외려 탄탄한 자존감을 쌓는 데 실패하기 쉽다. 그들에게 남의 인정과 과잉된 자아는 독이 되기도 한다.

M처럼 낮고 불안정한 자존감 때문에 사람들과 성숙한 관계를 맺지 못하는 사람들은 그 원인을 '사실' 그 자체로 돌리는 경우가 많다. M의 불우했던 환경은 과거의 '사실'이고, 사람들이 떠나가는 것은 현재의 '사실'이다. 과거나 현재의 사실을 불행의 원인이라고 생각할 뿐 그 사실들 사이에 '나'가 존재한다는 걸 자꾸 잊는다.

그녀는 이제 불우했던 유년기를 한껏 보듬어 위로하고 그만 떠나보내야 한다. 또한 사람들을 자기 위주로만 대하고 돈으로 마음을 사려하지는 않았는지 돌아봐야 한다. 나를 사랑해 달라고 떼쓰고 기분 내킬 때 무리하게 인심을 쓰기보다는, 상대에게 관심을 갖고 지켜보고 배려해야 한다. 잠시 나를 잊고 타인을 보면 오히려 그 앞에 선 내가 보인다.

자존감은 성공의 부산물이 아니며, 자존감을 키우기 위해 반드시 성공할 필요도 없다. 큰 성공을 거두는 것보다는 그나마 다이어트가 쉬운 보통의 사람들에게 희망적인 일이 아닐 수 없다.

잘나지 않고 자존감 키우기

> ✒✒ 누구에게나 열등감은 있다. 이는 어떤 환경에 처했는지와는 큰
> 관련이 없다.
> —알프레드 아들러

지성, 능력, 좋은 집안, 재산, 미모……. 이런 것들을 갖춘 잘난 사람은 자존감이 높을 것 같은가? 당연히 그렇다. 지성과 능력을 가진 사람이 배움과 성찰을 통해 자존감을 발견할 확률이 높고, 넉넉하고 교육 수준이 높은 부모가 자존감이 형성될 여건을 마련해 줄 가능성이 더 많으며, 재산이나 미모로 사람들의 칭송을 받으면 긍정적인 자아상을 가질 기회가 더 많다는 걸 누가 부정하겠는가. 그러나 자존감은 높기만 하다고 좋은 것도 아니며, 이 조건들이 자존감 형성에 기여하는 확률은 생각만큼 높지도 않다. 조건이란 상대적이어서 나보다 나은 것을 가진 사람은 언제나 있기 마련이다. 명문대 출신에 박사 학위가 있는 사람이라는 조건 위에 자존감의 성을 짓는다면 더 좋은 대학에 박사 학위를 세 개 가진 사람 앞에서 속절없이 무너질 수밖에 없다. 자존감은 그런 식으로 형성되지 않는다. 자존감은 상대적인 것이 아니라 절대적인 것이다.

J에게는 고교를 졸업하고 10년간 따로 연락하고 지내는 친구 A와 B가 있다. 그중에서도 A는 생각만 해도 안쓰러운 친구였다. 졸업하고 취업이 안 되어서 아르바이트를 전전했고 여전히 거취가 안정되지 않

은 상태였다. 집안 사정도 별로 좋지 않아 힘든 부모님께 얹혀산다는 자괴감도 컸다. 가끔 만날 때마다 기운 없는 미소를 띠며 자신은 괜찮다고 이야기하는 A를 보면 사는 게 뭔가 하는 생각이 들곤 했다. B는 그에 비해 활기 있게 사는 친구였고 만나면 재미있었다.

한번은 J에게 소개팅 부탁이 들어왔는데, 지인 중 남자 친구가 없는 사람은 A와 B 둘뿐이었다.

'주선자로서 욕먹지 않으려면 당연히 B가 낫겠지.'

이런 생각이 가장 먼저 들었다. 그러고 나서 남자 쪽과 여자 쪽의 조건들을 늘어놓고 따져보던 J는 새삼 깨닫게 된 사실에 소름이 돋았다.

아주 당연하게 B가 객관적인 조건이 훨씬 낫다고 생각해 왔는데, A와 B는 가늠이 안 될 정도로 사정이 비슷했던 것이다. B 역시 A처럼 졸업 후 취직이 안 되어서 구직을 포기하고 단기 일자리만 주기적으로 옮겨 다녔고, 집안 사정은 오히려 A보다 안 좋은 편이었다. 둘다 비슷한 수준의 중위권 대학 출신이었고, 아담하고 동안인 A나 늘씬하고 시원하게 생긴 B나 둘 다 비슷하게 매력적이었다. 게다가 성격도 누가 더 좋다, 나쁘달 것도 없이 따뜻하고 친절했다. 사실이 이런데도 J는 그동안 B가 A보다 더 나은 위치에 있다고 착각해 온 것이었다. 그리고 그녀 둘을 모두 알고 있는 사람들도 크게 다르지 않은 인상을 갖고 있음을 확인했다. 막연하게 추측하기로는 당당하고 밝은 B의 분위기 때문인가 싶었지만, 정확한 이유는 알 수가 없었다.

J가 같은 조건의 두 친구 사이에서 느꼈던 알 수 없는 감정 격차, 그

게 바로 자존감의 차이다. 타인이 보기에 자존감이 높고 안정된 사람은 훨씬 가치 있어 보인다. 자신에 대해 느끼는 감정은 상대방에게 전이되기 때문이다. 이 격차는 실제 삶의 질에 그대로 연결된다. 사람들은 B를 더 가치 있는 사람으로 평가하기 때문에 그에 어울리는 쪽으로 길을 열어줄 가능성이 높다. J가 망설임 없이 소개팅의 기회를 B에게 주겠다고 생각한 것처럼, 좋은 일자리의 기회도 더 자주 주어질 것이다.

사람들은 안쓰러운 사람이 기회를 얻기를 바라지만, 스스로 그 기회를 주는 사람이 되고 싶어 하지는 않는다. 자신이 아닌 다른 사람들이 그 기회를 주기를 간절히 바란다. 자신의 이해관계나 체면이 걸린 상황에서는 결과물을 낼 것 같은 사람을 선택하게 되는 것이다. 그렇기에 낮은 자존감은 타인에게 함부로 내보여서는 안 된다. 물론 최선은 든든한 진짜 자존감을 키우는 것이긴 하지만 말이다.

야망 있는 사람은 자존감이 낮다

송영자는 온 세상이 칭찬을 한다 해서 더 신나 하지 않았고, 온 세상이 비난을 한다 해서 더 기죽는 법도 없었다. 그는 자기 자신과 밖의 일의 분수를 일정하게 알고 명예와 치욕의 한계를 분별하고 있었기 때문에 그럴 수 있었다. 그는 세상일에 대하여 급급하지 않았다.　ー장자(莊子)

오랜 시간 L은 내게 수수께끼 같은 존재였다. 그는 당시 내가 알던 사람들 중 유일하게 열등감에서 나오는 못난 행동을 하지 않는 사람이었다. 그런데 도무지 그 자존감이 어디서 나오는지 알 수가 없었다. 인간에게 주어지는 삶의 조건 중 이렇다 하고 내세울 게 하나도 없었고, 그렇다고 적극적으로 자기계발 활동을 하는 사람도 아니었다.

젊은이들에게는 단지 젊기 때문에 이를 수 없는 자존감의 상한선이 있다. 이룬 것에 대한 자부심과 경험이 부족하기 때문에 모르는 것들에 대한 두려움이 뒤섞여 열등감인지 오만인지 모를 상태를 오가는 게 젊음의 속성이다. 또래의 대학생들에게서 그런 모습이 속속 발견될 무렵 잘난 척하지도, 침잠하지도 않는 안정된 자아가 신기했다. 이후로도 그는 기복 없이 하고 싶은 일을 하고 인정도 받으면서 누구 못지않게 잘 살았다. 친구들이 더 성공하고 더 잘돼도 기죽는 법이 없었고, 잘 안됐다고 해서 무시하지도 않았다. 그는 내가 아는 한 가장 든든한 자존감을 가진 사람으로 기억될 것 같다.

그 품성에 대한 오랜 의문은 최근에야 풀 수 있었다. L이 일찍부터 그런 자존감은 가졌던 건 '야망이 없어서'였다. 자존감이 높을 것으로만 보였던 야망가들은 자존감의 충족 기준이 너무 높아서 자신에게 자주 실망하곤 하기에 높고 안정된 자존감을 갖기가 어려울 수밖에 없다. 실제로 자기 기준이 높은 사람들의 자존감이 낮다는 연구 결과도 있다. 장래 희망이 뭐냐는 질문에 "사랑하는 사람들과 행복하게 사는 것"이라고 답했던 L의 성격을 돌이켜보면 여러모로 해석이 들어맞는다.

재미있는 건 이런 사람들이 사회적 성취도가 낮지는 않다는 것이다. 야망이 없어서 자존감을 갖게 된 사람들은 그 자존감 덕에 높은 평가를 받기에 자꾸 좋은 기회를 얻는다. 게다가 부화뇌동하지 않으니 비슷한 능력치의 야망 있는 사람보다 더 높은 성취를 이루는 경우가 많다. 야망이 높아서 높은 성취를 이루는 건 그 야망에 걸맞은 의지와 재능까지 갖추었을 때만 가능한 일이다.

야망과 자존감을 모두 충족시키려면 깃발을 멀리 꽂아두면 된다. '기업의 사장이 되고 싶다'라는 꿈을 갖고 있다면 그것을 먼 미래에 다다를 목표점으로 삼고 그 방향으로 움직이는 것이다. 즉, 움직임 자체를 목표로 한다. 그러면 당장 걸어야 할 길을 이만큼밖에 못 왔다고 자신을 닦달하지 않으며, 길이 막혀 돌아가도 안달하지 않을 수 있다. 때로 길가에 핀 꽃을 구경하고 새소리를 들어도 좋다. 그렇게 걷다 보면 어느새 다다를 것 같지 않았던 산 정상 깃발 앞에 도착해 있는 자신을 발견할 수 있을 것이다.

 성공해야만 강한 자존감을 가질 수 있다는 건 오해다. 현재의 내 안에서 자존감의 열쇠를 찾아보자.

외향인과 내향인에 대한 오해

외향성과 내향성, 그 편견

    나는 외로움을 느낀 적이 한 번도 없었으며 고독감 때문에 조금이라도 위축된 적이 없었다. 그러나 꼭 한 번, 내가 숲에 온 지 몇 주일 되지 않아서였는데, 그때 나는 주변에 사람들이 있는 것이 명랑하고 건전한 생활의 필수 조건이 아닌가 하는 생각 속에 약 한 시간쯤 빠져들었다. 혼자 있는 것이 언짢게 느껴졌다. 그러나 그와 동시에 나는 내 기분이 정상적이지 않다는 것을 의식했으며 이 기분에서 곧 벗어나게 되리라는 것을 예감했다.

—헨리 데이비드 소로(Henry David Thoreau)

　우리는 소로가 2년 2개월간 홀로 숲에 살며 쓴 책『월든(*Walden*)』에서 고백한 것 같은 기분을 자주 느낀다. 주변에 사람이 많고 자주 밖에서 어울리는 쾌활한 사람이 더 우월한 것 같아 보이며, 사회에서도 그런 성격인 사람들의 가치를 더 높게 평가한다. 그래서 외향적인 사람을 자존감 높은 사람과 동일시하는 경우도 자주 보게 된다. 목소리가 크고 말이 많고 낯선 이를 십년지기처럼 대할 수 있는 것이 자존감은 아니다. 자존감은 좀 더 조용하고 단단한 것이다.

　자신이 내향적인 성격이라서 자존감에 문제를 겪고 있다고 생각한다면 먼저 편견을 바로잡아야 한다.

외향성과 내향성은 우리가 보통 생각하는 '표현'이 아닌, '본질'의 문제다. 사람들을 쾌활하게 대하고 웃긴 말을 잘한다고 해서 꼭 외향 성향이라는 법이 없고, 말수가 적고 행동이 차분하다고 해서 내향 성향이라고 단정할 수만은 없다.

내향인은 몸과 마음이 더 예민해서 외부 자극에 쉽게 피로를 느끼는 사람이다. 그래서 가장 강력한 자극이랄 수 있는 사람을 자주, 혹은 오래 접하는 것을 힘들어한다. 혼자 있는 시간이 충분해야 충전이 가능하다. 외향인은 상대적으로 둔감해서 사람이라는 자극 인자에 크게 동요하지 않는다. 오히려 적당한 자극을 받아야 에너지를 얻는 사람들이다. 이런 성향 차이 때문에 내향인들은 낯을 가리고 의사 표현에 더 어려움을 겪기도 하지만, 마음먹기에 따라서 얼마든지 외향적인 모습을 보이고 살 수도 있으며 그 반대의 경우도 아주 흔하다.

내가 친구의 동생인 T를 처음 보았을 때의 첫인상은 '부끄럼 많고 얌전한 여대생' 정도였다. 당연히 내성적인 쪽에 가깝겠거니 느꼈던 것으로 기억한다. 그런데 부딪히는 빈도가 잦아질수록 그녀가 선입견과 다른 사람이었구나 싶었다.

"저, 언니……."

가까운 관계가 아닌데도 이렇게 차분한 목소리로 먼저 연락할 때가 많았으며, 부탁을 하거나 호의를 베푸는 행동들이 일상적이고 자연스러웠다. 내향인들과의 접촉에는 아무리 서로에게 좋은 것이라고 해도 어쩔 수 없는 망설임이 느껴지기 마련이다. 그러나 T는 뚜렷한 동기 없이도 내게 별 어려움 없이 다가왔고, 어느 정도 친해지자 막힌 둑이 터지듯 허물없이 대하기 시작했다. 결코 내성적이지 않았다.

알고 보니, T는 너무나 낯가림이 없고 남들에게 친근하게 구는 게 천성이어서 부모님의 걱정을 많이 샀다고 한다. 아주 어려서부터 타인에게 무작정 다가가지 않도록 철저히 교육을 받은 덕에 의도적으로 거리를 두고 예의를 지키는 태도가 몸에 밴 것이었고, 내성적으로 보인 것도 그 때문이었다.

이처럼 내향인처럼 보이는 외향인들도 있고, 외향인처럼 보이는 내향인들도 많다. 그들은 사회적 필요에 따라 자신이 갖지 못한 다른 모습을 표현하며 사는 것이다.

외향성을 강요하는 사회에 사는 내향인

한국인의 경우 80퍼센트 이상이 내향인으로 태어난다고 한다. 만약 내성적인 사람은 자존감이 낮다고 하면 국민의 대부분이 낮은 자존감에 허덕이게 될 테지만, 자존감 문제와 상관없는 경우가 더 많다.

물론 같은 능력과 인품을 가진 사람들이라면 외향적인 사람이 자존감에 있어 비교 우위에 있는 건 사실이다. 타인과의 접촉면이 넓은 만큼 자신의 장점을 살리기 쉽고 타인의 칭찬과 환대를 받을 기회가 많아서 그렇다. 또, 소로가 잠깐이나마 느낀 감정처럼 사람들과 많이 어울리지 않는 상태 자체를 열등하다고 판단하는 사회적 시선도 한몫한다.

그러나 내향적인 성품 자체는 자존감과 크게 상관이 없다. 내향인들은 자신이 타고난 본성에 걸맞은 방식으로 자존감을 키울 필요가 있다.

내향인들은 타고난 예민함 때문에 사회적 에너지 수준이 낮은 경우가 많다. 밖에 나가 돌아다니며 성과를 쌓는 것에 쉽게 피로를 느끼는 데다 사람들과 부대끼는 일을 고통스러워하는 경우가 많다. 나역시 지독한 내향인이라, 저녁 시간에 사람들을 만나면 그 시간이 아무리 즐거웠더라도, 아니 즐거웠을수록 갑상선에 이상에 생긴 것처럼 항진(亢進) 상태가 되어 밤잠을 설치곤 한다. 이런 사람들은 일반적인 시선에서 좋아 보이는 대로 '무조건 열심히' 무언가를 하려들거나 기준에 부합하지 못한 자신을 무기력하게 보아서는 안 된다. 내향인들은 어차피 양이 아니라 질로 승부해야 한다.

내향인들은 자기 안에 침잠하는 시간이 많기 때문에 자신만의 관점을 정리하기 쉽고, 그것은 여러 방면에서 영감을 주어 일하는 시간을 줄여주는 경우가 많다. 또 혼자만 할 수 있는 일을 효율적으로 해낼 수 있어서 그 나름의 성과를 낸다.

그러나 내향인들이 자신의 성향에만 너무 충실해서 편한 대로만 살고자 하면 오히려 원치 않는 삶을 살게 된다. 인간은 인간관계에서 만족감을 느끼도록 진화해 왔기 때문에, 지나치게 고립되고 편협한 인간관계를 가진 사람은 자존감이 한없이 낮아진다. 극단적인 내향인 중에는 사람이라는 자극이 피곤해 회피하면서도 한편으로는 외로움과 열등감에 괴로워하는 모순된 심리를 가진 사람들이 적지 않다. 앞서 말했다시피 외향성과 내향성은 본질과 다른 방향으로 쉽게 표현될 수 있다. 삶의 어느 한 부분에서는 사교적인 모습도 표현할 수 있어야 인간다운 것이다. 소로조차 2년여 만에 고립된 생활을 마감하고 세상에 나와 책까지 내지 않았는가.

그렇게 노력하다 보면 삶의 한 부분에서는 관계의 즐거움을 누리고, 또 나머지 부분에서는 자아 안에서 회복과 창조의 시간을 갖는 균형을 찾아낼 수 있을 것이다. 이 균형이 '내성적인 못난이'와 '속 깊은 어른'을 가르는 기준이 되는 것이다.

외향적인 사람의 열등감

어느 사회에서나 외향적인 사람이 받는 사회적 혜택은 적지 않다. 현대에 와서는 점점 더 외향 성향이 높은 평가를 받는 것으로 보인다. 그러나 이것은 착시 효과에 불과하다. 사람들은 사회적 관계를 맺기에 편안한 정도로 갈고닦인 외향적인 태도를 환영할 뿐, 진짜 외향인들의 성향을 좋아하는 건 아니다. 그래서 외향인들도 나름대로 자존감에 상처를 입는다.

상대적으로 예민하지 못한 외향인들은 자칫 '눈치가 없다'는 비난을 받을 수 있다. 특히 상황의 맥락을 읽고 겉으로 드러나지 않는 의도대로 처신해야 하는 게 미덕인 아시아인에게 외향적인 성격이 마냥 좋은 것만은 아니다.

일례로 문학이나 영화, 드라마 등의 작품에서 장르가 코미디가 아닌 이상 주인공은 대체로 내향인들이다. 누구에게나 쉽게 다가가고 얕고 넓은 관계에 만족할 때가 많은 외향인들의 특성은 한 인간의 내면을 깊이 조명해야 하는 작품의 주인공으로는 덜 매력적일 수도 있다. 외향인들은 현실 세계에서 비슷한 이유로 열등감을 느끼는 경우가 많다. 그들은 사람들로부터 더 진지한 대접을 받는 것으로 보이는 내향인들의 진중함에 내심 부러움을 느끼기도 한다.

외향인들이 자존감을 회복하려면 특유의 에너지로 경험과 학습을 늘리는 것이 좋다. 직감적으로 타인의 감정선을 읽어내기 어려운 외향인들 중에는 배려를 학습해 영역을 넓히는 이들이 많다. 새로운 사람과 세계를 두려워하지 않는 외향성에 배려까지 몸에 밴 사람들은 사회생활이나 각종 공동체에서 아주 유리한 고지를 차지한다. 그리고 그에 대한 사람들의 반응을 통해 자존감을 쌓는다.

결국 자존감은 외향성과 내향성에 의해 좌우되는 게 아니라 자신의 성향에 따른 한계를 이해하고 껴안는 노력과 관계된 것이다. 단점에 집착하고 비관하며 반대 성향의 사람들을 흉내 낼 게 아니라, 내 본질의 극단이 장점까지 망치지 않도록 관리해야 한다.

 내가 외향인인지 내향인인지 생각해 보고 그에 맞는 자존감 관리를 시작해 보자.

아름다움은 어떻게 매력이 되는가

외모와 자존감의 상관관계

    '멋지다는 것'은 어떤 대상에 대해서 '좋음'을 기대하게 만드는 성질이다. 만족스러웠던 것과 유사하게 보이는 것은 무엇이든 마치 만족을 줄 것처럼 보이기 때문이다. 그러므로 '멋있다는 것'은 미래의 좋음에 대한 일종의 표지다.

이런 것이 행동 속에 나타나면 정직이라고 한다.

그리고 그것이 형태 속에 있으면 아름다움이라고 한다.   —토머스 홉스

『인간론(*De Homine*)』에서 홉스가 언급한 아름다움은 단순히 사람

의 눈을 현혹하는 표피가 아니다. 대상의 본질에 대해 선(善)을 추측하고 미래까지 기대하게 만드는 게 아름다움이다. 그리고 아름다움을 정직과 동급으로 보았다.

미래의 좋은 것을 기대하게 만드는 아름다움을 내 안에서 찾을 수 있다면 나의 외모에서 자존감의 열쇠도 찾을 수 있지 않을까?

전에 내가 "여자들은 남보다는 자신을 위해 외모를 가꾼다"라고 말했을 때 이런 반박을 들은 적이 있다.

"그건 성립하지 않는 말이에요. 만약 아무도 없는 무인도에서 혼자 산다면 그래도 화장을 하고 예쁜 구두를 신을까요?"

사람들과 함께하는 현장에서만 유효한 행동이라고 해서 그게 나를 위한 행동이 아니라고 할 수 있을까? 홉스가 말한 미덕인 정직에 대해 생각해 보자. 내가 "나 자신의 가치를 지키기 위해 정직하려고 노력합니다"라고 한다면 아무도 딴죽을 걸지 않을 것이다. 그런데 외모에 대한 저 사람의 반론대로 혼자서 무인도에서 산다면 애써 정직하려고 하는 사람이 있을까? 혼자 있는데 정직이 필요할 리 없고 사랑이나 지성, 배려와 같은 미덕들도 다 마찬가지다. 미모뿐 아니라 사람들이 추구하는 정신적·물질적 가치들은 대개 사회적 관계 속에서 파생되는 것이다. 사람들 속에 섞여 살면서 아름다움에 신경 쓰는 것은 남에게 잘 보이려는 일차원적인 것만이 아니다.

사람들의 시각과 인식은 거대하고 복잡한 거울이다. 그 거울에 비친 이미지를 대면했을 때 가장 큰 영향을 받는 것은 다름 아닌 나 자신이다. 나를 1초도 채 보지 않고 스쳐 지나가는 수많은 타인들과 그 거울을 쉼 없이 바라볼 수밖에 없는 나. 외모를 가꾸는 것이 둘 중 누구를 위한 것이겠는가?

건강한 자존감을 가진 사람들은 자신이 어떤 모습이든 스스로를 사랑할 수 있는 사람들이다. 그러나 자존감 있는 사람들이 외모를 방치하는 경우는 거의 없다. 어떤 방식으로든 사회 속의 일원으로서 정체성에 맞고 자신의 마음에 들도록 아끼고 관리한다. 아끼는 귀한 도자기를 소장하고 있다면 먼지가 쌓이고 금이 가도록 방치할 사람이 있을까? 그 도자기가 존재만으로도 가치 있는 물건이라고 만족하면서 말이다.

20대 초반의 나는 외모를 가꾸는 일이 우습고 가치 없는 일이라고 생각했다. 예쁜 것은 좋았지만 가꾸지 않고도 예쁜 게 진짜인 것 같았다. 많은 시간과 관심을 쏟아 자기 스타일을 찾고 화장법을 배우는 것이 천박하게 여겨졌고, 그 시간에 책을 한 권 더 읽거나 뭔가 가치 있는 경험을 하는 편이 더 낫다고 여겼다. 그리고 나와 비슷한 가치관을 가진 사람들과 어울리고 싶었다. 내가 좋아하던 사람들은 애써 꾸미지 않아도 자연스러운 아름다움이 우러나왔다.

그러다가 대학을 졸업할 때쯤 충격적인 사실을 알게 되었다. 신경 쓰지 않는데도 예쁘다고 생각했던 친구가 '드레스 리허설'을 항상 해 왔다는 것이었다. 친구는 매일 밤 자기 전에 거울 앞에서 여러 옷을 입어보고는 다음 날 입고 나갈 옷을 골라두었던 것이다. 나중에 입을 옷을 미리 입어보는 건 중요한 면접이나 결혼식 때나 하는 건 줄 알았던 내게는 평상복을 잘 입기 위해 그렇게 지속적으로 공을 들인다는 게 놀라웠다. 그즈음 말끔한 호감형 모범생으로 알고 지냈던 남자 후배가 얼굴에 색조 화장품을 살짝 바르고 다닌다는 사실을 알게 된 것도 엄청난 충격이었다. 알고 보니 전혀 신경 쓰지 않고도 호감을 주는 외모를 가지는 것은 불가능하다시피 한 일이었다. 지금 생각해 보면 참 모순된 생각을 당연하게 여겼다 싶다.

그런데 예전의 내가 가졌던 모순된 생각을 가진 이들을 지금도 자주 보게 된다. '꾸미지 않은 아름다움'이 진짜라고 여기며 있는 그대로의 자신을 사랑해야 한다는 강박관념을 가지는 것이다. 이는 외모에 집착해서 다른 미덕들이 뒷전인 것과 마찬가지로, 외모를 자아의 걸림돌로 만드는 셈이다.

자존감이 떨어져 있다면 외모의 변화를 시도해 보는 것도 꽤나 좋은 방법이다. 외모를 관리하고 나에게 신경을 쓴다는 행위 자체가 위로를 주기도 하고, 가장 눈에 잘 보이는 외모의 변화가 자존감을 퍼올리는 마중물이 되기도 하기 때문이다.

내가 아는 결혼 30년차 아내는 부부싸움을 할 일이 생기면 반드시 외출에서 돌아온 직후 따지기 시작한다. 남편이나 자신이나 외출하기 위해 면도를 하거나 화장을 하고 옷을 갖추어 입은 상태에서 말다툼을 하는 것이다. 이유를 물으니 그녀는 이렇게 대답했다.

"상대방이 싫은 말을 할 때 지저분하고 못생긴 상태면 더 미워 보이거든요. 나부터도 남편이 눈곱 끼고 기름 낀 머리에 늘어진 속옷 차림을 하고서 미운 짓을 하면 더 정떨어지는 기분이더라고요. 남편이라고 저랑 다르겠어요? 그래서 서로가 가장 괜찮은 모습일 때만 싸우는 거예요."

들고 보니 그럴듯했다. 그 부부가 오랜 세월 변함없이 사이좋은 부부로 잘 살고 있어 더 신뢰감 가는 말이었던 걸로 기억한다.

사람은 외부 정보의 90퍼센트 이상을 시각을 통해 받아들인다. 시각적 이미지를 바꾼다는 것은 나와 남이 받아들이는 나에 대한 감각적 정보를 통째로 바꾼다는 의미다. 결코 작지 않은 일이다. 내 마음에 드는 모습을 한 나는 훨씬 받아들이기가 쉽다. 운동을 해서 몸을 만들거나 피부 마사지로 결을 좋게 만드는 것, 메이크업을 바꿔보는 노력 등은 아주 직관적으로 나의 자아상에 접근하는 일이다. 가장 먼저 시도해 볼 만한 가치가 있기도 하다.

아름다움이 힘을 발휘할 때

🌿 아름다운 외모란 치세가 얼마 가지 않는 폭군이다.

—소크라테스(Socrates)

아름다움과 매력의 힘은 실로 대단하다. 노래 실력, 춤 실력, 연기력,

어느 하나 훌륭하달 수 없는데도 빼어난 외모 하나로 전방위적 활동을 하며 인기를 누리는 아이돌 출신 연예인들도 적지 않고, 1인 미디어 시대에 외모 하나로 관심을 끌어 부자가 된 보통 사람들도 많다. 심지어 외국에서는 구치소에서 찍힌 머그샷의 잘생긴 얼굴이 화제가 되면서 모델로 데뷔한 전직 갱단 조직원도 있다. 일정한 수준을 넘는 아름다움은 인생 역전의 기회를 주기도 하는 것이다.

그러나 일상에서의 아름다움은 이와는 다른 성질을 가진다. 인터넷 쇼핑몰의 모델 겸 사장처럼 매력을 자본화하는 능력이 있다면 아름다움은 꽤나 좋은 것이지만, 평범한 사람에게라면 자존감과의 결합 여부에 따라 삶의 권력이 될 수도 있고 오히려 걸림돌이 될 수도 있다.

H는 첫눈에 "예쁘장한 아가씨네"라고 할 만한 사람이었다. 옅은 화장기에 수수한 차림, 또렷한 눈매가 인상적이었다. 하지만 H가 털어놓은 연애사는 그녀의 해사한 얼굴만큼 영롱하지 않았다. 어려서부터 부모님이 하라는 대로 공부하고, 성적에 맞춰 대학에 진학하고, 부모님 지인이 만들어준 무난한 일자리에서 그럭저럭 일하고 있는 그녀는 아직 뚜렷한 자의식이 없어 보였다. 얼굴이 예쁘다 보니 늘 주변에 들이대는 남자들이 많았고 연애를 쉰 적이 없었다.

그러나 그녀가 이전 남자 친구들에게 받았던 대접을 생각하면 그야말로 부질없는 인기라는 생각이 들었다. 상대가 바람을 피워서 이별하거나 만날 때마다 폭언을 듣거나 말도 안 되는 가부장적인 가치관을 강요당하는 등, 평균적인 여자들이 평생 한두 번 겪을 법한 행동을 하는 남자들을 너무 많이 만났던 것이다.

H는 현재 만나고 있는 남자 친구 때문에도 고민이 많았는데 그녀가 친구들과 해외여행 한 번 간 것 때문에 이별을 요구하고 있다고 했다. '연인이 있는데도 따로 다른 사람들과 해외여행을 가는 건 사치스럽고 문란한 여자들이나 하는 짓이다'라는 논리였다. 제3자가 보기에는 그냥 헤어지고 다른 사람을 만나면 될 것을 왜 고민씩이나 하는지 알 수 없는 노릇이었지만, 그녀는 무척 혼란스러워했고 그 남자와 헤어지고 싶어 하지 않았다.

H는 강하고 뚜렷한 논리를 들이대는 사람이라면 누구에게나 동화되는 사람이었다. 그래서 여러모로 부족한 사람이라도 적극적으로 구애하면 받아주었다. 또 연애를 시작한 후 상대가 나쁘게 대접해도 자신을 방어할 줄 몰랐다.

이처럼 자존감이 약한 사람이 누구나 좋아할 만한 외모를 갖게 되면 도리어 피곤한 삶을 살게 되기 쉽다. 인생에서 그냥 스쳐 지나가야 좋을 법한 사람들까지 죄다 들러붙고, 결국 가치 있는 사람이 아니라 성격의 약점을 공략하는 사람에게 곁을 주게 되기 때문이다.

소크라테스의 말처럼 아름다운 외모는 치세가 얼마 가지 않는 폭군이지만, 그것도 자존감을 갖추고 아름다움을 이용할 줄 아는 사람에게나 먹히는 명제다.

한편, 아름다움이 빛을 발하려면 조형적 아름다움에 그치는 것이 아니라 '매력'으로 이어져야 한다. 매력은 말 그대로 사람의 마음을 끄는 힘을 뜻하는데, 이는 아름다움과 궤를 같이하면서도 전혀 다른 성질을 가진다. 그리고 이 매력을 좌우하는 것이 바로 '태도'다.

사실 아름다움이 절대적인 권력을 누리는 기간은 짧아도 너무 짧다. 생물학적인 아름다움은 남자나 여자나 20대 초중반까지가 한계이고, 이후부터는 조형미와 태도에서 풍겨져 나오는 매력의 합이 전체적인 아름다움이 된다. 그리고 나이가 들수록 아름다움에서 태도의 지분이 높아진다.

오래전 어느 모임에서 (남편에겐 미안하지만) 평생 다시 볼 수 없을 만큼 이상형의 남자를 본 적이 있다. 당연하게도 관심이 가서, 주변 사람들에게 슬쩍 물어봤다.

"저 키 크고 하얀 애 누구야?"

나는 사람들이 말해 준 이름을 기억하고 모임의 공식 행사 내내 두근거리는 마음으로 그를 건너다보았다. 행사가 끝나고 드디어 자유로운 친교 시간이 되었을 때 놀랍게도 '그'가 신입 회원인 나를 향해 다가왔다. 그는 내게 인사를 한 후 꽤 많은 말을 건넸다. 그리고 나는 채 5분이 지나지 않아 바로 전까지 그에게 품고 있던 기대가 와르르 무너지는 것을 느꼈다. 그는 훌륭한 외모와 달리 놀랄 만큼 매력이 없는 사람이었다. 헬륨 가스를 마신 것 같은 목소리에 상황에 맞지 않는 이상한 농담을 했고, 표정이나 움직임도 산만한 초등학생 같아 보였다. 10분쯤 그에게 잡혀서 이야기를 듣고 빠져나올 즈음에는 더 이상 그의 얼굴이 잘생겨 보이지 않았다.

그 이후, 나는 여자 신입 회원이 올 때마다 그에게 넋을 놓는 것을 목격했다. 내게 그를 가리키며 "저 사람 누구예요?" 하고 묻는 여자들도 있었다. 그러나 내가 그 모임에 나갔던 수년 동안 그에게 여자 친구가 생기는 걸 끝까지 보지 못했다.

내가 봤을 당시에 그는 심지어 생물학적 전성기로 타고난 아름다움이 맹위를 떨칠 나이였다. 거의 모든 여자가 호감을 가질 만한 외모였던 그에게 오만 정이 떨어졌던 것을 보면 태도가 매력에 기여하는 정도는 우리가 예측하는 것 이상인 듯하다.

매력적인 태도는 기본적으로 자존감에서 나온다. 거기에 자신을 객관적으로 돌아보고 성찰하는 자세가 더해진다면 노력하는 만큼 매력적일 수 있다. 매력적인 사람은 인형처럼 아름다운 사람과는 다른 장점을 누리며 살 수 있다. 단순한 아름다움이 '대상'으로서 타인의 욕망을 부추길 뿐이라면, 매력 있는 사람은 주체가 되어 관계를 주도할 수 있다.

외모에 관심을 가지고 그것이 자존감과 상호작용을 일으켜 선순환하는 것을 보고 싶다면, 단순한 아름다움보다는 매력을 배가시키도록 집중해야 한다. 매력에 대한 이해가 없기에 외모에 자신 없어 하는 이들이 성형 중독에 빠지곤 하는 것이다. 임상에서 상담을 해본 전문가들이 성형을 하면 할수록 자존감이 낮아진다고 하는 이유도 여기에 있다.

외모 개선을 통해 새롭게 거듭난 자존감을 갖고 싶다면 단점보다는 장점에 집중해 그걸 살릴 구체적인 방법들을 공부해 보라. 매력은 단점을 없애는 것보다 장점을 강조할 때 드러난다. 자신이 필요한 만큼 매력적이라고 생각하고 사는 삶은 정말 근사하다. 나는 미남미녀는 아니지만 자신의 모습을 진심으로 사랑하는 사람들을 많이 알고 있는데, 그들의 삶의 질은 매우 높다.

아름다움을 위한 아름다움이 아니라 나를 위한 아름다움을 추구할 때 진정한 힘을 발휘할 수 있을 것이다.

 거울을 들여다보자. 이만하면 괜찮다는 생각이 든다면 좋고, 그렇지 않다면 장점을 살릴 수 있는 방법을 찾아 실천해 보자.

4장

나를 위해
용기를 내다

시련 속에서 나를 지키다

고통 속에서 가장 이기적일 것

쾌락과 고통이 하나의 끈으로 연결되어 있다는 걸 가정한다면, 누군가 쾌락을 가능한 한 많이 갖고자 할 때 고통도 그만큼 많이 가져야 하는 것이다. 하늘도 오를 것 같은 환희를 체험하고 싶다면 또한 죽을 것 같은 슬픔도 받아들일 준비가 되어 있어야 한다.

—프리드리히 니체(Friedrich Nietzsche)

불면증이 있던 시절, 잠이 들지 못해 새벽까지 뒤척이거나 자다 깨면 떠오르는 잡생각들은 대개 긍정적인 것들이 아니었다.

'가족이 교통사고라도 당하면 어떡하지?'

'내 몸에 암이라도 생기면 어쩌지?'

'전에 이웃 동네에 도둑 들었다는 소문이 있던데, 우리 집에 강도라도 들면?'

'이대로 일터에서 자리를 못 잡고 비참하게 나이 들어가는 거 아닌가.'

뉴스를 볼 때면 안타까워하고 곧 잊어버리는 사건 사고들이 이 시간만 되면 갑자기 내 일로 여겨지며 쓸데없이 공감이 되는 것이었다. 이런 것들은 눈 뜨고 꾸는 악몽이었으며, 날이 밝는 대로 민담 속 처녀귀신처럼 사라지곤 했다. 그러나 살다 보면 이런 악몽들이 현실이 되는 순간이 온다.

어찌할 수 없는 시련 속에서 이리저리 휩쓸린 자아는 존재감을 잃는다. 그러나 더 큰 위기는 폭풍이 지나간 후에 찾아오기 마련이다. 불가항력의 사건들이 온통 나를 헤집어놓고 사그라진 후 상황이 안정되면, 엉망이 된 삶의 현장과 나 자신이 덩그러니 남는다. 이것을 수습하는 과정에서 자존감이 손쓸 수 없이 망가지기도 하고, 삶의 복원과 함께 더 강한 자존감이 깃들기도 한다.

이때 헤쳐나가는 방법은 각자 상황과 성격에 따라 다르겠지만, 선택과 결정의 기준은 단 하나다. '나를 우선으로 해야 한다'는 것이다. 타인을 위한 결정을 할 수도 있지만 그것마저도 '남의 고통을 두고 볼 수 없는 내 마음의 안위를 위한' 선택이어야 한다. 남의 의견이나 상황에 수동적으로 끌려다니지 않고 나 자신이 나를 중심으로 한 선택이어야 전화위복(轉禍爲福)이었다는 말을 웃으며 하게 되는 날이 오는 것이다.

N은 결혼을 불과 나흘 앞두고 예비 신랑에게 거액의 빚이 있다는 것을 알게 되었다. 그것도 도박으로 지게 된 악성 채무였다. 3년이라는 적지 않은 시간을 함께한 사람이었고 남은 미래도 영원히 함께할 사람이라 믿었던 터라, 발아래 땅이 꺼지는 것 같은 충격을 받았다. 사실이 탄로 난 후, 그녀는 약혼자에게 결혼을 다시 생각해 보자고 했다. 그러자 그는 그녀가 사랑했던 처연한 표정 그대로 눈물을 흘리며 기회를 구했다.

"미안해. 당신을 너무 사랑해서, 놓치기 싫어서 쉽게 솔직해질 수 없었어. 말하고 싶었지만 자꾸 기회를 놓쳐서 지금까지 오게 된 거야. 빚은 내가 열심히 일해서 어떻게든 갚을게. 당신한테 피해 가지 않게 할게. 도박도 벌써 끊었어. 내가 얼마나 후회하고 있는지 당신은 모를 거야. 당신, 이 정도 실수 용서해 줄 만큼은 나 사랑하지 않아? 게다가 이제 와서 잘못되면 부모님들이 얼마나 상처를 받으시겠어? 벌써 지인들에게 청첩장 다 돌리고 버스 대절까지 해놓으셨는데, 그런 망신에 불효가 어디 있어? 아끼는 고명딸 위해서 거금 들여 혼수 장만해 놓은 건? 이제 와서 되돌리기에는 우리 너무 많이 왔으니까, 나 한번 실컷 때리고 모두를 위해서 잊자. 내가 정말 잘못했어."

그의 말에 마음이 흔들렸다. 울고 있는 약혼자가 안쓰럽게 느껴졌다. 약혼자도 충분히 반성하고 있는 것 같고 좋은 직장 다니고 있는 사람이니, 함께 열심히 살다 보면 빚도 금방 갚을 수 있지 않을까 싶었다. 무엇보다 부모님 생각을 하니 너무나 마음이 아팠다. 남자의 말대로 자신만 눈 딱 감고 이 상황을 받아들이면 모든 것이 계획대로 순탄하게 흘러갈 것도 같았다.

이틀간 잠 한숨 못 자고 끙끙 앓으며 고민한 끝에, N은 그 누구도 아닌 자신의 인생만 생각하기로 마음먹고 결국 파혼했다.

이혼도 흠이 안 되는 요즘 세상에 파혼이 대수냐 싶었는데, 막상 그런 상황을 겪으니 생각보다 후폭풍이 엄청났다. 마지막에 치졸한 모습을 보였던 약혼자와 진흙탕 싸움을 벌였던 일, 결혼 며칠 전에 일일이 지인들에게 결혼 취소 소식을 알리고 각종 업체에 전화를 돌려가며 위약금 물어낼 때의 정신 쏙 빼놓는 고통들과는 종류가 달랐다. 모든 것이 정리된 이후, 그녀는 작아지다 못해 소멸할 것 같은 자존감으로 하루하루를 사는 것 같지 않게 살았다.

모두가 그녀의 아픈 과거사를 알고 있는 직장에 매일 출근해 사람들을 만나는 것이 쉽지 않았고, 스트레스 탓인지 몸이 아팠다. 이유 없는 두통과 구토 때문에 일상생활이 어려워진 것이다. 설상가상으로 아버지까지 위암 판정을 받아 온 가족이 힘든 시기를 보내야 했다.

N은 모두 자기 탓인 것만 같았다. 어리석어서 사람 보는 눈이 없었고, 그래서 도박 중독자에 거짓말쟁이와 장래까지 약속했다. 아버지

가 아프신 것도 자기 때문인 것 같았다. 파혼 전부터 진행된 병이라는 병원 측 소견도 소용없었다. 그녀는 어리석은 선택을 한 자신이 너무나 미웠고, 그런 모자란 자아로 남은 인생을 잘 살 수 없겠다는 생각이 들었다. 잠깐이지만 자살도 생각했다.

한번은 회사에서 자꾸 실수를 저지르고 결근하는 그녀에게 직속상사가 휴직을 제안했다. 사실상 1차 경고나 다름없었다. 그때 N은 자신이 앞으로의 삶에 대해 결정을 내릴 때가 되었음을 깨달았다. 인생을 포기할 것인가, 말 것인가.

다음 날부터 N은 평소보다 30분씩 일찍 출근하기 시작했다. 전날 해놓은 일 중 실수한 것이 없는지 다시 검토했고, 여유 있게 커피를 마시고 맑은 정신으로 업무에 임했다. 신경정신과 상담을 받으며 호르몬제를 처방받아 밤에 잠도 잘 수 있게 되었다.

몇 년이 지난 지금, N은 이제 웃으며 "파혼이 대수냐"라고 말할 수 있게 되었다. 회사에서 인정받아 아웃소싱을 전담하는 작은 분사를 차려 어엿한 사업자로 독립했고, 새로운 사람을 만나 결혼도 했다.

그녀는 지옥과 같았던 그 시기를 되돌아보면 끝까지 자신을 놓지 않았던 자신이 대견하다는 생각이 든다. 그리고 다른 사람들을 의식하며 어리석은 선택을 하지 않았던 것에 뒤늦게 안도한다. 오직 자신만 생각했던 이기적인 선택이 결과적으로는 주변 사람들에게도 나은 일이었다.

힘든 상황에서도 한발 한발 앞으로 나아가려 애썼던 경험은 이제 그녀에게 단순한 상처가 아닌, 자랑스러운 추억으로 남아 있다.

시련 앞에서 위축되고 무력해진 자아는 자존감을 잃기 쉽다. 이렇게 고통스러운 순간에 '모든 것이 내 탓'이라는 생각에서 벗어나야 한다. 대신 '내 책임'이라고 생각을 바꾸면 삶을 시들게 할 자아의 공백이 없어진다.

삶에는 어떤 일이든 일어날 수 있다. 그리고 그 모든 일에 대비할 수도 없다. 일이 일어나고 그 일을 수습하며 묵묵히 나아가는 길에서 단단해질 뿐이다.

시련 속에서 묵묵히 일상을 살 것

드라마를 보면 시련의 상황에 밥을 먹는 등장인물을 향해 그 부모가 등짝을 때리며 이런 대사를 하곤 한다.

"이것아! 지금 밥이 넘어가니? 밥이 넘어가?"

그러나 현실에서는 밥이 넘어가야 한다. 삶은 드라마나 문학작품처럼 일관성 있는 내러티브대로 흘러가지 않는다. 사랑을 잃고 가슴을 뜯으며 울다가도 몇 시간 후 맥주에 치킨을 뜯으며 웃긴 예능 프로그램을 보고, 중환자실 대기실에서 가족의 상태를 피 토하듯 걱정하다가도 병원 근처 맛있는 밥집을 검색하기도 하는 게 실제의 삶이다. 고통을 겪는 사람들의 일상은 그런 식으로 흘러간다.

내게는 막 태어난 아기를 데리고 옥탑방과 반지하에서 살았던 때가 있었는데, 그 시절 삶의 배경들을 건조하게 나열해 보면 엄청난 시련을 겪은 것만 같다. 하지만 그 시기에 쓴 일기를 보거나 내 기억 속의 감정을 되짚어보면 나는 그다지 불행하지 않았다. 도리어 행복한 순간들이 더 많았다. 싱크대 하수가 역류해 물바다가 된 집 안을 종일 닦아내는 건 고달팠지만, 다음 순간에는 덕분에 청소도 잘 안 하는 집 헹궈냈다고 웃어넘겼다.

다음으로 옮겨 간 옥탑방에서는 여름에는 더웠지만 해가 잘 들어

서 좋았다. 옥탑방 시절에는 아기와 유모차를 들고 4층 꼭대기까지 걸어 다녀야 했을 텐데도 그 장면에 대한 기억은 없고, 창문에 매달려 푸른 하늘을 감탄하며 봤던 기억은 생생하다.

가난은 단순히 결핍이 아니라 그 앞뒤로 눈물을 쏟을 맥락이 있다. 그런데도 그런 것을 삶의 한 맥락으로 흘려보내고 속없이 웃으며 살았던 것 같다. 나는 고통 속에서도 일상을 살 수 있는 면들이 그 시간을 버텨낼 수 있게 해주었다고 믿는다. 그래서 무사히 살아남았고, 생존 자체가 내 자존감의 근거와 이력으로 남았다.

시련 속에서 가장 먼저 붙들어야 할 것은 '몸'이다

사람들이 고통을 겪을 때 가장 먼저 겪는 것이 건강 악화다. 몸은 우리가 생각하는 것 이상으로 마음과 직접적으로 연결되어 있어서 술이나 약물 따위로 혹사시키지 않아도 마음이 힘들면 즉각적으로 오작동을 일으킨다. 아버지가 교통사고로 크게 다쳐 하반신 마비가 되었을 때에도 나를 비롯한 가족들이 차례로 각기 다른 증상을 호소하며 크게 앓았다.

그런데도 사람들은 마음의 타격을 의지만 있으면 금방 낫는 것으로 여기는 경향이 있다. 사고로 다리가 부러진 사람에게 "너무 상처받지 마", "잊어버리면 나아질 거야"라고 충고하지는 않는다. 마음에 가해진 충격도 육체적 부상과 똑같이 상처가 남고 일정 시간이 지나야만 아문다. 맘먹기에 따라 없어지거나 할 수 있는 것이 아니다. 이런 이해가 부족한 사람의 상처받은 무의식은 자신과 타인에게 고통을 납득시키고 싶어서 스트레스를 신체화한다. 때로는 눈에 보이지도, 수치로 계량화되지도 않으면서 나를 죽일 듯이 괴롭히는 마음의 고통이 물리적으로 현신(現身)하기를 바라며 일부러 몸을 괴롭히는 사람들도 적지 않다. 그래서 잠을 자거나 먹는 것을 거부하고 과음을 하기도 한다.

그러나 시련 속에서는 억지로라도 건강을 지켜야 한다. 몸을 마음과 같은 상태로 망가뜨린다고 해서 마음에 위로가 되는 것도 아니고 오히려 나중에 마음이 안정되어 다시 세상에 나갈 준비가 되었을 때 몸이 발목을 잡는다. 이때 마음대로 움직여주지 않는 몸은 자존감 하락과 직결된다.

내가 아는 한 여성 CEO는 오래 데리고 있던 직원의 배신으로 말할 수 없는 정신적 타격을 입었다. 도저히 일을 할 수 있는 상태가 못 된다고 판단해 며칠 회사를 떠나 칩거했다. 어디 해외여행이라도 다녀왔나 했더니 계속 집에 있었다고 했다. 비행기 티켓이나 호텔을 예약할 마음의 여유조차 없어 집에서 자신을 돌보았다는 것이다. 쓰기 번잡한 홈 케어 제품으로 피부 관리하기, 트리트먼트 제품을 머리카락에 바르고 종일 있기, 반신욕하기, 집 근처 공원에서 1만 보 걷기, 요가 클래스 나가기, 방치해 두었던 목 디스크 치료하기 등 몸에 집중하며 빈틈없이 시간을 보낸 것이다.

알고 보니 그녀는 큰 스트레스를 받을 때마다 그런 시간을 가졌다고 했다. 몇 번의 시련과 건강의 손실 이후 얻은 나름의 교훈이었다.

"결국 몸이 버텨줘야 다시 일어설 수 있겠더라고요. 마음이 안 달래지는데 어쩌겠어요, 일단 몸이라도 달래줘야죠."

몸을 훼손해서라도 마음의 아픔을 가시화하려는 욕구가 있듯, 반대로 몸을 위로해 주면 마음이 다독여지기도 한다. 정신적인 것에만 너무 몰두하지 않고 몸에 집중하는 시간이 필요한데, 이왕이면 몸을 건강하고 보기 좋게 하면 나중을 위한 투자도 된다.

자아를 존중하는 마음은 건강에 영향을 많이 받는다. 특정한 목표를 향한 의지가 있을 때에 몸이 제대로 작동한다는 것은 굉장히 중요한 일이다. 내가 그동안 만나온 자칭 '인생 실패자'들은 큰 고비에서 돈을 잃거나 사람을 잃은 사람이 아니었다. 다른 것만 잃은 사람들은 어떻게든 일어섰는데, 건강을 잃은 사람들은 재기하지 못했다.

젊고 건강하더라도 이 모든 것에서 예외는 아니다. 건강해서 마음껏 혹사당했던 육체가 몇 년 후 주인에게 앙갚음하는 걸 여러 차례 목격했고, 나 역시 청년 시절 몸을 홀대한 걸 후회하는 사람 중 하나다.

넘어진 자아를 일으켜 세워야 할 사람이라면 우선 몸을 소중히 다루어야 한다.

육체란 짐을 진 짐승과 같아요. 육체를 먹이지 않으면 언젠가는 길바닥에 영혼을 팽개치고 말 거라고요.

—니코스 카잔차키스(Nikos Kazantzakis), 『그리스인 조르바(*Zorba the Greek*)』 중에서

일상 중에 선택할 문제가 생기면 남에게 피해를 주지 않는 선에서 '가장 이기적인 선택'을 해보자.

질투의 희생양으로 머물지 말라

자존감 성장기에는 질투를 사지 말라

    🌿 모든 고결한 도덕은 이기성을 극복하고 긍정적인 말로 진행되는데, '노예의 도덕'은 외부나 타자에 대해 부정적인 말을 한다. 이러한 종류의 도덕에서는 '아니오'라고 말하는 게 곧 창조적 행위다.

비판의 시선을 자신이 아닌 외부로 돌릴 때 이것은 평가가 아니라 원한에 속하게 된다. 이 '노예의 도덕'의 탄생은 항상 외부 세계, 반(反)세계를 필요로 한다. 생리학 용어로 표현하자면 행동을 위해서는 '자극'이 필요하다. 근본적으로 그 행동이 '반응'에 불과하기 때문이다.

—프리드리히 니체

니체는 도덕을 힘의 관계에 따라 주인의 도덕과 노예의 도덕으로 나누었다. 주인의 도덕은 자기 긍정을 바탕으로 스스로 가치를 부여하고 선악을 규정하는 사람의 자발적 도덕이다. 즉, 자존감이 높은 사람의 도덕인 것이다. 반면 노예의 도덕은 스스로 가치를 설정하지 못하고 나 아닌 모든 것을 부정할 뿐이다. 복수심과 원한, 자기연민 등이 이에 속한다. 그렇다고 '저 사람은 주인의 도덕을 가진 사람, 이 사람은 노예의 도덕을 가진 사람' 하는 식으로 구분할 수 있는 건 아니다. 우리 내면에는 주인의 도덕과 노예의 도덕이 모두 자리하고 있으며, 어떤 도덕의 지분이 높으냐에 따라 가치 체계도 달라진다.

노예의 도덕은 자아가 약해져 있을 때 특히 힘을 발휘하고, 질투라는 형태로 자주 드러난다.

Y는 대학 입학 후 여러 형태의 친구 집단과 어울리면서 힘든 일을 많이 겪었다. 친구 집단마다 한두 명씩 그녀를 괴롭히는 사람들이 있었던 것이다. 그들은 Y가 하는 모든 말에 트집을 잡고 면박을 주었으며, 그녀의 선택이나 취향을 비웃었다. 몇 년을 그렇게 지내다 보니 자존감이 말도 못하게 떨어졌다. 자괴감과 소외감으로 Y는 남들이 추억을 많이 만든다는 대학 시절을 아주 암울하게 보냈다.

각 친구 집단에는 좋은 친구들도 많았기 때문에 쉽사리 벗어날 수도 없었다. 그러다 점차 취업 준비로 바빠지면서 모임으로 뭉쳐 다니기보다는 마음 맞는 한두 명끼리만 교류하게 되어 겨우 안정을 찾게 되었다. 그러다 취업난인데도 Y만이 친구들 중 유일하게 졸업 전에 취업이 확정되는 이변이 일어났다.

"내가 제일 멍청한데 왜 나만 취업이 된 거지? 얼떨떨해."

그러자 그 말을 듣던 친구가 어이없다는 듯 말했다.

"우리들 중 네가 제일 실력 있잖아. 당연한 말을 이상하게 하네."

항상 자신이 열등하다고 여겨온 Y에게는 의외의 상황이었다. 늘 주눅이 들어 있던 그녀는 자신이 친구들보다 잘났다고 생각한 적이 없었기 때문이다.

이후로 자신과 상황을 객관적으로 보기 시작하니, 전혀 다른 자신의 모습이 보였다. Y는 전공은 물론 그 외에도 잘하는 게 많은 팔방미인 타입이어서, 학교 성적도 좋고 외부 대회 입상 경력도 있었다. 어디서나 눈에 띄는 데 비해 너무 소심하고 자존감이 낮아 질투심 많은 친구들의 만만한 공격 대상이 되었던 것이다.

이제 수년간의 사회생활로 단단해진 그녀는 질투가 얼마나 무서운 것인지를 안다. 성과가 있어도 의식적으로 몸을 낮추고, 반면 질투심 때문에 찍어 누르려는 사람 앞에서는 태도를 확실히 한다.

며칠 전에는 새로운 사내 교육 프로그램으로 직접 사장의 칭찬을 받은 Y에게 "다과가 맛있어서 교육 프로그램까지 칭찬받은 것"이라고 궤변을 늘어놓는 동료가 있었다. 공력이 쌓인 그녀는 생글생글 웃는 표정으로, 그러나 또박또박 이렇게 되받았다.

"에이, ○○씨 농담도 잘한다. 사장님이 초등학생도 아니고 다과 때문에 그럴 리가. 본 프로그램도 웬만큼 수준은 됐겠지?"

예전 같으면 은근히 맘 상하면서도 아무 말도 못했을 Y는 할 말을 한 다음, 더는 유치한 언쟁이 이어지지 않게끔 재빨리 화제를 돌렸다.

'노예의 도덕'에 지배되는 사람들은 자기 존재만으로는 자존감을 일으켜 세울 수 없기 때문에 다른 사람들을 밟고 깎아내려 일시적인 승리감을 얻는다. 그런 이들이 가장 힘들어하는 게 자신과 비슷해 보이지만 조금 더 잘되는 사람의 존재다. 그래서 어떻게든 그들의 성과를 폄하하고 끌어내리려 한다. 그런 이들에게 가장 손쉬운 표적이 바로 대학 시절의 Y처럼 잘났지만 자아가 약한 사람들이다. 이런 사람들이 자존감 낮고 성격이 강한 사람들에 맞대응하는 건 결코 쉽지 않다.

자신이 질투의 희생양이 되고 있다는 것을 의식하면 최대한 빨리 그런 사람들에게서 떨어져 나와야 한다. 좋은 사람들과의 관계까지 잃을까 봐 두렵다고 해도 말이다. 그리고 자존감을 키우고 자아의 맷집이 커진 다음 좀 더 자유롭게 인간관계에 뛰어들어야 한다.

겸손한 척이라도 하라

사회생활에 능숙하지 않은 사람들일수록 자기 홍보와 교만의 줄타기에 서툰 경향이 있어서 자기가 가진 것, 잘하는 것, 누리는 것을 자랑하고 싶어 안달이다. 타인의 질투를 고려하지 않는 것만큼 위험한 일이 없다는 걸 잘 모른다.

나는 모든 악의 뒤편에는 질투가 있다고 믿는다. 그러나 질투란 스스로 인정하기에는 너무나 치졸한 감정이라서, 질투로 악을 행하는 사람은 반드시 다른 핑계를 빌려 온다.

"사적인 감정은 없어. 저런 사람이 좋게 평가받는 게 공평하지 못한 것 같아서 이러는 거야."

"내가 갖지 못한 걸 저 사람이 갖고 있어서 화가 나는 게 아니야. 그냥 저 사람이 나쁜 사람이라고. 저 사람이 갖고 있는 걸 빼앗는 게 정의야."

질투는 항상 자신의 잘못된 감정을 상대에게 투사하기 때문에 그 자신도 의식하지 못한다. 질투라는 감정은 분노, 슬픔, 원망 등 더 쉽게 받아들일 수 있는 다른 부정적인 감정들과 달리 나의 열등함을 먼저 인정해야 하는 감정이다. 그래서 상처받은 무의식이 그 감정의 존재 자체를 거부하는 것이다.

한번은 취업 주제의 한 인터넷 공간에 누군가가 올린 고민 글을 본 적이 있다.

"같이 공부하는 친구가 항상 저보다 시험을 잘 보더라고요. 평소 대화를 해보면 제가 알고 있는 것도 더 많고 실전 지식이 더 풍부한데 시험만 그래요. 공부도 제가 훨씬 더 열심히 하고 그 친구는 설렁설렁……. 같이 치는 시험에서 그 친구만 계속 합격하는데 이런 일이 반복되다 보니 한국 검정 시스템에 문제가 있지 않나 하는 생각이 듭니다. 이런 시험 잘 보는 사람이라고 해서 일을 잘하는 게 아닐 텐데요. 요령만 있는 사람들한테 유리한 시험, 좀 문제 있다고 생각하는데 여러분은 어떻게 생각하세요?"

그 글 아래 댓글들이 여러 개 달렸는데 내용이 이랬다.

"열심히 공부하는데 친구만 성적 잘 나오면 질투심 생기는 건 당연하죠. 토닥토닥~."

"질투는 인간의 자연스러운 감정이에요. 너무 속상해하지 마세요."

"마음 상하시겠어요. 저라도 질투 날 것 같아요."

이건 글을 쓴 사람이 원하는 대답이 아닐 텐데 하는 생각을 했는데, 아니나 다를까 글쓴이가 사람들에게 일일이 댓글을 달기 시작한 것이었다.

"저는 평가 시스템에 문제가 있지 않느냐고 질문한 것뿐인데 질투나 하는 사람으로 취급을 받다니, 정말 기분 나쁘네요."

글 쓴 사람은 진심으로 억울해 보였다. 사람들이 약속이나 한 듯이 그 사람의 질문에 어긋난 답변들을 한 것도 사실이었다. 그러나 누가 보아도 그가 올린 글의 동기, 내용, 결론은 모두 질투였다. 오로지 그 자신만 그걸 모르고 있었다.

우리는 이보다는 훨씬 세련되고 정교하게 가장한 질투가 판을 치는 세상에 살고 있다. 자아가 강하고 단단한 사람들조차 타인의 질투를 관리하지 못해 성공 가도를 달리다 낙마하는 경우가 허다하다. 이런 과정 속에서 정말 강한 사람은 몸을 낮추는 사람으로 거듭나 다시 일어나기도 하지만, 일부는 끝내 자존감 회복을 못하고 무너지기도 한다.

자존감이 낮은 사람일수록 자신의 장점이나 가진 것 등을 자랑해 인정받으려는 욕구가 생기기 마련인데, 이걸 조절하지 못하면 오히려 자존감이 점점 낮아지는 환경에 처할 수밖에 없다. 은연중에 자신보다 서열이 낮다고 생각하던 사람이 조금이라도 잘난 척을 한다 싶으면 어떻게든 끌어내리고 싶은 게 사람의 심리다. 질투는 감정을 실천까지 이끌어내는 힘이 가장 강한 감정 중 하나다. 따라서 그들은 가뜩이나 낮은 그의 자존감을 더욱 철저하게 짓밟을 것이다.

자아가 약하다면 질투보다는 차라리 동정이 낫다. 사람들은 약하고 겸손한 사람의 조력자가 될 만큼은 친절하다. 자신보다 높이 올라가지만 않는다면 말이다.

장점은 웬만해서는 자기 입으로 직접 말하지 말고, 혹 말하게 되더라도 남에게 공을 돌려야 한다. 허세를 부리더라도 태도만큼은 겸손해야 한다. 정말 안정된 자존감을 가지게 되어서 의식하지 않더라도 저절로 겸손해지기 전까지는 최소한 겸손을 가장할 줄이라도 알아야 한다.

내 자존감의 바로미터, 질투심

난 네가 밉기보다는 좋아. 이렇게 있는 대로 떠들어대는 것이 그 증거지. 네가 날 미워할 건 뻔한 일이지. 그걸 알고 하는 얘기야. 그렇지만 그나마 나한테 남아 있는 거라곤 너뿐이다. 앞서 내가 한 말은 진심이 아냐. 그런 지독한 얘기를 할 생각은 없었어. 뭣 때문에 그런 소리를 했는지 모르겠구나. 내가 하고 싶은 말은, 바로 네가 대성공을 거두기를 바란다는 거야. 하지만 안심하진 마라. 널 실패시키기 위해서 내가 무슨 지독한 짓을 할지 모르니까. 나도 알 수 없어. 난 나 자신이 밉다. 누구한테건 복수를 하고 싶어서 참을 수가 없어. 특히 너한테.

—유진 오닐(Eugene O'Neill), 『밤으로의 긴 여로(*Long Day's Journey into Night*)』중에서

극작가 유진 오닐의 명작 『밤으로의 긴 여로』에는 각자 삶의 십자가를 진 네 가족이 등장한다. 인용한 대사는 알코올 중독으로 삶이 망가진 형 제이미가 재능 있는 시인인 동생 에드먼드를 향해 내뿜는, 축복인지 독설인지 알 수 없는 말이다. 동생을 사랑하지만 미워하고, 대성공을 바라지만 또한 실패하게 만들고 싶다는 중구난방의 취중진담은 인간의 심리를 가장 정확하게 표현하고 있기도 하다. 자신을 존중하지 못하는 사람은 진심으로 타인의 성공을 축복해 줄 수 없다. 이건 선악의 문제가 아니다. 질투는 강력한 감정이기 때문에 호의가 질투를 이긴다는 것은 어려운 일이다. 자존감이 강해서 나와 타인의 삶을 가치 독립적으로 판단할 수 있을 때에야 비교와 질투에서 벗어날 수 있다.

나는 내 자아가 안정되었음을 스스로 인지하기 시작한 시기를 안

다. 친구가 하는 일이 잘되어 바라던 결과를 얻었다는 소식을 들었을 때 진심으로 기뻤을 때였다. 물론 그 이전이라고 해서 무작정 주변 사람들의 성공을 샘내거나 좋은 일에 재를 뿌렸던 것은 아니다. 웃으며 축하해 주면서도 다른 한편으로는 초라한 내 자아가 자극을 받아 마냥 기뻐해 줄 수만은 없었던 것이다.

딸을 낳은 해 여름에 있었던 일이다. 만삭에 비 오듯 땀을 쏟으며 서울 변두리의 싼 셋집을 찾아 발이 붓도록 돌아다녔지만 손에 쥔 돈으로 얻을 수 있는 집이 없었다. 겨우 옥탑방을 구해 이사를 한 지 얼마 안 되었을 때, 막 결혼을 한 지인의 집들이에 초대를 받았다. 번듯한 신축 아파트에서 새살림을 시작하는 신혼부부가 무척 행복해 보였다. 그날 그들을 축하하며 신나게 웃고 떠들고 집에 와서는 문득 서러움이 왈칵 북받쳐 울었던 기억이 난다.

그렇게 연약하고 치졸했던 자아가 조금씩 힘을 비축하면서 언젠가부터는 좋은 사람들에게 좋은 일이 생기는 게 마냥 좋아졌다. 그들에게 좋은 일이 일어났을 때 내 형편이 나빠도 마찬가지였다. 주변 사람들이 잘되면 뭐라도 덕을 볼 거라는 얄은 계산속 때문도 아니었다. 사람들을 더 이상 비교 대상으로 보지 않게 되어 감정의 자유를 누리게 된 결과일 뿐이었다.

주변 사람의 성과나 행운이 나를 슬프게 한다면 아직 자아와 자존감이 단단하지 못해서라고 생각하면 된다. 내가 못나거나 악해서가 아니다. 여기까지 깨닫고 나를 돌아볼 수만 있다면 이제 부족한 자존감이 삐뚤어진 질투로 표출되지 않도록 생각과 행동을 다독이기만 하면 된다. 질투가 말과 행동으로 옮아가 상대방은 물론 나에게도 상처가 되지 않도록 조심해야 한다.

타인을 자유롭게 축복해 줄 수 있다면 삶이 훨씬 살 만해지기도 한다. 내게 좋은 일이 일어나는 건 한정적인데 지인의 좋은 일에도 즐거워할 수 있다면 신나는 감정을 느낄 기회가 더 많아진다. 나와 비슷한 처지의 사람에게 좋은 일이 일어났다면 왜 나는 아니냐고 화를 낼 일이 아니다. 따지고 보면 내게도 기회가 있다는 뜻이 아닐까? 언젠가 내 차례가 오겠지 하는 기대를 품은 채 나름의 삶을 사는 것도 꽤 괜찮다.

주변 사람의 성공에 화가 난다면 그것이 질투가 아닌지 냉정히 들여다보자. 질투가 맞다면 자신을 힐난하기보다는 빈곤한 자존감을 채우기 위해 노력하자.

나를 지키는 힘, 부드러운 전사 키우기

나쁜 사람이 될 용기

🌿 당신에 관하여 성실하지 않다거나 착하지 않다고 말할 권리를 아무에게도 주어서는 안 된다. 당신에게 그런 생각을 갖는 자는 누구를 막론하고 거짓말쟁이가 되도록 하라. 이렇게 할 수 있는가 여부는 당신의 생각에 달려 있다. 사실 그 누가 당신이 성실하고 착한 것을 방해할 수 있겠는가?

—마르쿠스 아우렐리우스(Marcus Aurelius)

자존감이 강하려면 자신이 좋은 사람이라는 확신이 있어야 한다. 하지만 사람은 모든 타인에게 선하기만 한 절대 선의 존재가 될 수는 없다. 심지어 신의 아들인 예수도 어떤 사람들에게는 나쁜 존재였기에 미움을 받고 십자가를 졌다. 그렇기 때문에 자기 내면에 선의 기준이 명확해야 하고, 다른 사람들의 기준에 지나치게 흔들리지 않아야 자존감을 지킬 수 있다. 그러므로 『명상록(Tōn eis heauton diblia)』에서 아우렐리우스가 한 말대로, 남에게 나 자신에 대해 불성실하고 악하다고 말할 권리를 주어서는 안 된다. 경험과 성찰을 통해 선의 기준을 세우고 그것에 최대한 충실하되, 자기 이익대로 움직여주지 않는다고 나를 비난하는 사람들에게 상처받지 말라.

'나는 내가 원할 때만 좋은 사람이 될 거야.'

이렇게 다짐하고 실천할 수 있는 용기가 얼마나 삶을 가볍게 하고 운신의 폭을 넓혀주는지는 그런 마음으로 살아본 사람만 안다.

O는 어딜 가나 착하다는 말을 듣는 사람이었다. 어느 모임에서나 그녀 이름이 언급되면 사람들은 "아, 그 착한 애?"라고 되묻곤 했다. 그도 그럴 것이 어디를 가나 그녀에게 신세진 사람이 없는 모임이 없었다.

휴가철이 되면 그녀의 부산 본가에 묵을 수 있겠느냐는 전화가 빗발친다. 부모님이 곤란하시다는 걸 알면서도 거절을 하지 못하는 그녀는 전부는 아니더라도 강하게 부탁하는 몇 명에게 자신의 방을 내주곤 했다.

회사에서는 새로 들어온 신입들에게 좋은 선배였다. 일을 배우느라 쩔쩔매는 후배들의 업무 중 어려운 부분을 봐주다가 통째로 떠맡기 일쑤였다. 동창이나 퇴직한 동료들이 보험 판매직을 시작하면 가장 먼저 고객이 되어주는 것도 그녀였다. 월급의 30퍼센트 이상이 보험료로 나갈 정도다.

그러던 그녀가 자신의 인간관계 방식을 돌아보게 된 계기가 있었다. 친한 친구 중 한 명이 결혼을 하면서 O에게 피아노 반주를 부탁했다. 한때 음대 진학을 준비했을 정도로 연주 실력이 있는 그녀였지만, 쉬운 부탁이 아니었다. 피아노 좀 친다고 해서 누구나 악보만 보면 술술 연주가 나오는 것은 아니기에 충분히 연습을 해야 했고, 축가를 부른다는 친구 후배들에게 악보를 받아 반주 편곡까지 해야 했다. 회사 일로 바쁜 와중에 잠까지 줄이며 연습을 했고 무사히 결혼식을 마쳤다. 그런데 결혼식 이후로 그 친구와 연락이 잘 닿지 않았다. 분명 그녀를 피하고 있다는 느낌이었다.

몇 달이 지난 후, O는 친구가 자신을 피했던 이유를 알게 되었다. 그녀가 축의금을 내지 않아 섭섭해하더라며 또 다른 친구가 전해준 것이다. O의 입장에서는 결혼식 피아노 반주 그 자체로 적지 않은 결혼 선물이었다. 자신의 마음과 노력이 받는 입장에서는 공짜 건반놀이에 불과했다는 사실은 충격이었다. 그녀는 전반적인 자신의 인생 태도에 대해 생각해 보게 되었다. 어쩌다 그녀의 호의와 베풂이 아주 당연히 받는 '싸구려'가 되었을까?

이후로 그녀는 남에게 주거나 베푸는 것을 자제하기로 마음먹었다. 그러나 쉽지 않았다. 도저히 거절을 할 수가 없었다. 그제야 그녀는 상대의 마음만큼이나 그녀의 호의 또한 순수한 것이 아니었음을 깨달았다. 상대를 정말 위해서가 아니라 거절하는 순간의 불편한 마음이 싫어서, 또 상대방에게 거절하는 자신이 나쁜 인상을 줄까 봐 호의를 베푼 것이었다. 그녀의 고민을 들은 친구 하나가 이런 충고를 했다.

"당분간은 차라리 무조건 거절해 봐. 넌 들어줄 수 있나, 없나 생각하다가 그냥 말려들어갈 성격이야. 일단 부탁을 해오면 '미안하지만 안 되겠다'고 무조건 거절한 다음, 나중에 할 수 있겠다는 판단이 들면 그때 가서 해주겠다고 해. 된다고 했다가 나중에 안 된다고 말 바꾸는 것보다는 낫잖아?"

친구의 말대로 해보니 정말 괜찮았다. 사람들은 의외로 부탁을 거절당하는 데 그리 민감하지 않았고, 거절했다가 나중에 된다고 하니 더 고마워했다. 이 과정이 익숙해지자 나중에는 즉석에서 들어줄 부탁을 선별하고 마음 가는 대로 처신할 수 있었다. 태어나서 처음으로 O는 당당한 자아상을 갖게 된 느낌으로 살고 있다.

O가 자존감을 갖게 된 건 당연한 일이다. 전에는 항상 남의 부탁을 마지못해 들어주고 그것으로만 자기 존재를 인정받고 평가받았지만, 이제는 평가 기준이 자신에게 돌아왔기 때문이다. 내가 원하는 방향과 정도만큼만 좋은 사람이 된다는 것은 '진짜 나'로 산다는 의미다. '진짜 나'는 강하고 당당하기 때문에 보편적인 도덕률과 자신만의 기준을 조화시킨, 정말로 '좋은 사람'이 될 기본 자격을 갖는다. 그리고 '좋은 사람'이 곧 '좋은 친구'나 '좋은 자식', '좋은 연인'이 된다. 많이

오해하고 있는데, 주변 사람 중 누군가의 이해관계에 맞춰서만 행동하는 사람은 금방 한계를 드러내게 된다.

이건 베푸는 사람에게만 국한된 이야기가 아니다. 남의 기준에서 좋은 사람이고 싶어서 무분별한 호의를 베푸는 것은 자존감 문제이므로 인간관계에서 상대방을 곤혹스럽게 하는 경우도 있다. 남에게 적당히 나쁜 사람이 되어도 상관없겠다는 용기를 내는 연습은 나에게도, 주변 사람에게도 자유를 준다.

재미있는 것은 이런 결심을 한다고 해서 인간관계가 끊어지지는 않는다는 것이다. 거절 못하는 사람의 호의는 희소성이 떨어져서 오히려 상대가 기뻐하는 마음이 희석된다. 사람들은 생각보다 이유 있는 거절에 예민하지 않다. 만약 이렇게 해서 멀어지는 사람이 있다면, 그 사람은 일부러라도 걸러내 곁에서 쫓아내야 할 사람이다. 상대 심리의 약점을 이용해서 자기 편의에 맞추려는 나쁜 사람이 분명하니 말이다.

피상적인 관계의 사람들 사이에서 자꾸 착하다는 말을 듣는다면 자신의 가치관이나 태도를 심각하게 되돌아봐야 한다. 아주 가깝거나 오래 알고 지낸 사람들이 나를 깊이 알고 난 다음, 그때 비로소 "너 정말 착하구나"라고 말할 수 있는 사람이어야 진정한 의미에서 선한 사람인 것이다.

타인의 부탁을 들어줄 의지와 능력이 있는 진짜 어른들끼리만 어울리는 모둠에 자리하게 되면, 그때에는 반대로 어떻게 하면 저들을 도울 수 있을까 고민하게 될 것이다. 선의와 거절의 관계를 잘 이해하는 사람들 사이에서는 베푸는 게 곧 권력이 되기 때문이다.

단호함에서 오는 자유

🌿 우리가 누군가 판단을 미루고 있다고 말한다는 것은 곧 그 사람이 대상을 적합한 방식으로 인식하지 못하고 있다고 말하는 것과 다름없다. 사실 판단의 보류란 그저 지각(遲刻)일 뿐, 자유로운 의지가 아니다.

—바뤼흐 스피노자

자존감이 강한 사람의 특징이야 여러 가지를 들 수 있지만, 그중 가장 즉각적으로 눈에 띄는 것은 바로 단호함이다. 스피노자의 날카로운 관찰대로, 판단을 마냥 미루는 것은 자신과 상황에 대한 무지의 증거일 뿐 신중함이 아니다. 제대로 신중한 사람은 빨리 결정할 일이 아니니 언제까지 미루어야겠다는 결정을 신속하게 할 줄 안다. 판단을 미루어야겠다고 결정하는 것도 하나의 결정이다. 아무런 결정 없이 습관적으로 행동을 유보하거나 타인에게 결정을 미루는 사람들 중에는 자존감에 문제가 있는 사람들이 많다.

단호하지 못한 삶의 자세는 낮은 자존감이 그 원인일 때도 많지만, 그 자체가 자존감에 해를 끼치기도 한다.

E에게는 13년째 나가는 친구 모임이 있다. 고등학교 동창 예닐곱 명이 두 달에 한 번 모여서 맛있는 것도 먹고 사는 이야기도 한다. 그동안은 친구들을 만나면 입시 때문에 힘들었지만 추억도 많았던 고교시절이 생각나서 좋았다. 또 삭막한 세상에 오랜 세월 친하게 지내는 친구들이 있다는 것만으로도 뿌듯했다.

그런데 몇 달 전 모임 이후로 그 친구들 중 하나인 S가 영 불편한 것이었다. 단체 채팅방 안에서 E의 말을 은근히 무시하고, E만 빼놓고 다른 친구들과만 채팅방을 따로 개설한 눈치였다. 요즘 그녀는 흔히들 말하는 '왕따'였다. 이 생각만 하면 E는 잠도 오지 않는다.

사실 E는 S와 전부터 그리 사이가 좋지는 않았다. S는 보험설계사를 하고 있었는데 일찍부터 재무관리에 관심이 많던 E는 S가 친구들에게 필요 이상으로 비싼 보험을 권유하는 게 뻔히 보였다. 그래도 친구들 앞에서 별다른 말을 할 수 없었고, 자신의 것만 실용적인 보험 상품을 따로 알아보고는 그것으로 가입해 주었다. 그때부터 S를 경원시하며 모임마다 서먹하게 굴었다. 몇 년째 좋은 친구들을 만나러 나가서는 늘 그 한 친구 때문에 기분이 상해서 들어오곤 했다.

지난번 사건이 터진 날에는 S가 친구들이 든 보험을 해약시키고 새로운 상품을 권유하는 것을 보고는 E가 자기도 모르게 한마디한 것이 발단이 되었다.

"10년이나 유지한 보험을 왜 해약해? 그러면 손해야!"

S는 E가 자신을 사기꾼 취급한다며 화를 냈고, 다른 친구들의 중재로 그럭저럭 충돌이 봉합된 상태로 지금까지 이어져오고 있었던 것

이다.

E는 회사 지인들 말고 사적인 관계는 그 친구 모임밖에 남아 있지 않았다. 결혼할 때 함께 사진 찍을 친구 하나 없는 장면, 부모님 상이라도 당할 때 아무도 없는 빈소 등 상상만 해도 두려운 삶의 장면들이 많았다. S 때문에 스트레스를 받으면서도 어떻게든 친구 모임에 끼려고 하는 자신이 초라하게 느껴지기도 하고, 어쩐지 인생을 잘못 살아왔다는 기분이 드는 것이었다.

E처럼 자아에 상처를 주는 관계를 '이제까지 해왔다'는 이유만으로 유지하려는 사람들이 적지 않다. 그녀가 자존감 강한 사람 특유의 단호함을 발휘할 수 있다면, 모임을 포기하고 자신을 지켰어야 했다. 당장은 친구들과 함께한 13년의 세월과 모든 인간관계가 날아가는 것 같겠지만, 그렇지 않다. 오히려 불쾌한 인간관계가 없어진 공백은 더 건강한 관계로 채워질 것이다. E가 친구들을 향한 마음이 진심이었고 나머지 친구들이 그 마음을 받을 그릇이 되는 사람들이라면, 어떤 경로든 S의 방해 없이 관계를 유지할 수도 있는 일이다. 무엇이 되었든, 아무것도 결정하지 않는 지금보다는 낫다.

'내가 싫은 일, 내게 이득이 되지 않는 일'을 명확한 이유 없이 오랜 시간 감내하는 것은 자존감에 아주 해롭다. 또 이런 일은 반대로 자존감이 약해서 벌어지기도 하는데, 자존감 체질이 허약하면 '나쁜 끈기'가 생기기 쉽다. 심리적 유연성이 떨어져서 나쁜 경험이 반복되는데도 그 상황에서 벗어나지 못하는 것이다. 그들은 그 안에서 스트레스를 받더라도 새로운 결정에 따른 변화를 감당하는 것보다는 낫다고 생각한다. 그래서 아무런 결정이나 행동을 하지 않고 그저 견딘다. 스피노자의 표현을 빌자면 '영원한 지각'인 셈이다.

이들이 나쁜 끈기를 계속 유지하는 이유 중 하나는 '매몰 비용'을 유난히 아까워하기 때문이다. 매몰 비용이란 의사 결정을 하고 실행한 이후에 발생하는 비용 중 회수할 수 없는 비용을 뜻하는 경제학 용어다. 그러니까 이들은 이미 들인 시간과 비용, 노력이 아까워서 미래의 가치가 어떻든 붙들고 있을 수밖에 없는 것이다. 그래서 앞으로 더 나은 선택을 할 수 있는데도 포기하고 현재에 안주한다.

자존감이 강한 사람은 그 어떤 매몰 비용보다 내 선택이 더 소중하므로 언제든 아니다 싶은 길은 되돌아 나올 줄 안다. 자아가 약한 사람이 늘 퇴로가 없다고 느끼는 것과 대조된다. 이들은 자신을 지키고 싶은 본능에서 움직임을 거부하지만, 오히려 살기 위해서 결정을 내리고 움직여야 한다.

내 자아가 상처받고 작아져 부정적인 자아상에 오염되지 않도록 지킬 수 있는 건 오로지 나 자신밖에 없다. 어떤 형태로든 내가 스스로를 지키는 전사가 되어 용감해질 수 있을 때에 삶에 빛이 든다.

단호해지는 연습

모든 일에 자신이 없고 단호하지 못한 Y에게 내 경험을 이야기해

준 적이 있다.

유치원 다닐 무렵, 내 딸은 소심하고 겁이 많았다. 게다가 어린아이인데도 생각이 너무 많아 자신이 어떤 선택을 하고 나면 결과에 일정한 책임을 져야 한다고 여겨 도무지 결정을 하지 못했다. 말하자면, 아이는 아이스크림 가게에서 딸기 맛이냐, 바나나 맛이냐를 선택해야 하는 상황에서 딸기 맛을 선택했을 때 맛이 없더라도 그것을 억지로 먹을 책임이 있다고 느꼈다. 맛없으면 먹지 않아도 된다거나 어른들이 대신 골라주겠다는 말은 소용이 없어 보였다. 딸기 맛과 바나나 맛 모두를 사주겠다고 해도 거부했다. 그 모든 것이 결국은 자신의 선택이고 후회할 가능성이 있기 때문이었다. 그렇게 아이스크림 가게에서 한 시간을 보낸 적도 있었다. 견디다 못한 나는 아이에게 선택을 하지 않은 대가를 스스로 치르게 하기도 했다. 일정 시간을 주고 그 안에 선택을 못하면 아이스크림 가게를 그냥 나와버렸던 것이다. 아이는 그 선택의 결과마저 조용히 받아들였다. 다만 집에 와서 하루 종일 우울한 얼굴로 몰래 눈물을 글썽일 뿐이었다.

선택을 너무나 힘들어하는 아이를 보다 못한 나는 아이에게 한 가지 제안을 했다. 앞으로 선택할 일이 생기면 동전을 던지자고 한 것이다.

"앞면이 나오면 딸기 맛, 뒷면이 나오면 바나나 맛을 고르는 거야. 뭐가 나오든 네 잘못은 아니야."

아이는 눈에 띄게 밝아진 얼굴로 동전을 받아들었다. 그 이후부터 선택의 상황이 오면 동전을 던졌다. '동전의 신'이 인도하는 대로 선택을 하면 그 무엇을 선택해도 후회는 없었다. 사실 다섯 살짜리 아이가 선택을 잘못해 봤자 뭐 후회할 일이 있겠는가. 선택에 스스로 만족하기만 한다면 딸기를 선택하건 바나나를 선택하건 아이스크림을 먹을 때의 만족도가 달라질 일은 없었다.

단호해지는 연습은 동전 던지기와 같다. 대개 일상적인 고민의 상황이라면 그 일의 결과가 크게 차이 나지 않는 경우가 많다. 오히려 그 선택을 하고 난 후 그것을 내가 어떻게 받아들이고 책임을 지느냐에 달려 있다. 선택에 너무 많은 에너지를 쏟지 말고 동전 던지기 하듯 가볍게 고르라.

단호해지기 위해서는 먼저 자신에 대해 잘 아는 것이 필요하다. 내가 어떤 것을 좋아하는 사람인지, 어떤 상황일 때 편안할 수 있는 사람인지 알아두어야 내가 좋고 편안한 상황을 확신을 가지고 선택할 수 있다.

다른 사람과 상호작용을 할 때 좋아하는 것과 싫어하는 것에 대한 의사 표현을 분명히 하라. 친구들과 밥을 먹을 때 면 요리를 싫어한다는 말을 차마 못하고 매번 칼국수 집에 따라가는 사람은 언제나 삶의 프로세스가 복잡하게 꼬인다. 설사 다른 사람들을 배려해 칼국수 집에 가게 되더라도 사실은 밝혀두어야 다음부터라도 사람들이 그 장소만큼은 피해서 식당을 잡는다.

나는 의사 표현을 좀처럼 하지 않는 사람들이 "말하지 않는 것은 싫다는 뜻이야"라고 하는 것을 듣기도 하는데, 이것은 사회적으로 합의된 비언어적 소통 방식이 아니다. 많은 사람들이 별말이 없으면 이의가 없다는 뜻으로 받아들이고 목소리 큰 사람의 의견을 대세로 받아들인다. 여러 사람이 모인 곳에서 대화만 지켜봐도 지위 고하와 상관없이 누가 자존감이 강한 사람인가가 보인다. 무례하지 않으면서도 의사 표현이 선명한 사람이 그런 사람이다. 의사 표현을 확실히 하는 사람은 삶이 대체로 내가 원하는 방향대로 흘러가고 있다고 느낄 가능성이 훨씬 크다. 행복의 열쇠인 '자아 통제감'을 느끼는 것이다.

선택을 할 때, '싫다'와 '좋다', 그리고 '필요하다'와 '필요하지 않다'로 기준을 정하고 그 범위 내에서 선택을 하는 연습을 하자. 사실 일상적으로 선택하는 기준은 이 기준에서 그리 크게 벗어나지 않는다. 그리고 이렇게 선택한 것들은 최대한 빠르게 실천으로 옮긴다. 속도가 빠를 필요는 없지만 일에 착수하는 것은 미루지 말라는 의미다.

단호해지는 것은 결정과 실천으로 표현된다. 그것이 우리의 선입견처럼 과격하고 거친 표현으로 나올 필요는 없다. 유리구슬을 굴릴 수 있을 정도의 아주 작은 용기만 있으면 나의 모호함을 통해 공격해 오는 모든 부당함으로부터 나를 지킬 수 있다. 당장은 어렵더라도 조금씩 바꾸다 보면 부쩍 자란 자아와 자유를 느낄 수 있을 것이다.

❧ 일단 결정이 내려지면 가장 좋은 반론에도 귀를 막기. 이는 강한 기질을 드러내는 표시다.
　　　　　　　　　　　　　　　　　　　　　　—프리드리히 니체

미니멀리스트의 자존감

🍃 모든 걸 너무 심각하게 생각할 필요는 없다. 만약 당신이 예술가처럼 창조적인 삶을 살아가고 싶다면 지나치게 과거에 집착해서는 안 된다. 당신이 어떤 일을 해왔든지, 당신이 어떤 사람이었든지 간에, 그것들을 온전히 받아들이고 모두 버려야 한다. ─스티브 잡스(Steve Jobs)

언뜻 연결하기 어렵겠지만 필요 없는 물건을 버리는 것은 단호하고 단순한 삶을 사는 데 도움이 된다. 물건을 버리는 것은 굉장히 복합적인 행위라서, 내 가치관과 선택의 양태와 실천력 등이 한눈에 보인다. 그런 행위를 하면서 나를 관찰하고 단련하는 것은 분명 의미 있는 일이다.

나는 오래전, 살면서 인생이 가장 꼬였다는 생각에 직면했을 때 물건을 버리기 시작하면서 해답을 찾았다. 한번은 집을 절반도 안 되는 크기로 줄여 이사를 한 적이 있었는데, 내가 신경 써서 고른 신혼살림들을 말도 안 되는 배치로 끼워놓아야 했다. 어떻게든 제대로 살아야겠다는 쪽으로 가닥을 잡고 나서 내가 가장 먼저 한 일은 집을 정리하는 것이었다. 아직 쓸 만한 가구와 물건들을 하나하나 살펴보며 결정을 내리는 것은 쉬운 일이 아니었다. "이게 정말 필요한가?"라는 절실한 물음 끝에 살아남은 가구는 소파 하나, 책상 하나였다. 침대까지 중고 사이트에 팔고 겨우 공간이 생긴 작은 집에서 그제야 제대로 숨을 쉴 수 있었던 기억이 생생하다.

그때부터 되는 일이 없던 내 삶에 조금씩 빛이 들기 시작했고, 점점 내 바람에 맞는 방향의 삶을 살게 되었다. 물건과 함께 집착이나 미련, 잡생각까지 떠나보낸 덕일 것이다. 군더더기를 없앤 삶은 무엇에 집중해야 할지 알려준다.

지금도 나는 스트레스를 받으면 집 안을 정리하며 필요 없는 물건을 버린다. 예쁘지만 작아져서 2년째 입지 못하고 있는 옷, 어느 기기에 딸려 온 것인지 모르는 새 전기 단자, 비싸게 샀지만 사용하지 않는 커피 잔, 발이 불편해 신지 않는 구두 등이 모두 정리 대상이다. 이 냉혹한 숙청 과정에서 살아남은 물건들과만 함께하는 삶은 단순하며 명쾌하다.

어디 물건뿐이겠는가. 일도, 관계도, 생각도 내가 정말 함께하고 싶은 것만 선택해 사는 삶은 가볍고 단순하다. 물리적인 것들을 처분하고 비워내는 연습을 하다 보면 어느 순간 마음속도 그렇게 정리되어 있을 것이다.

작은 구역을 정해 그곳을 정리해 보자. 비움의 행위는 불필요한 감정이나 생각들로부터 우리를 자유롭게 해준다.

눈에 보이는 것이 나를 대표한다

내면과 외면에서 함께 찾는 자존감

    "선(善)과 아름다움은 하나다."

이렇게 말하는 것은 철학자답지 않은 일이다. 어느 철학자가 여기에 감히 "진리도 그렇다"라고까지 덧붙이고자 한다면 그는 진리를 두들겨 패야 할 것이다.

진리는 추한 것이다. 그래서 진리를 잃지 않기 위해 예술이 존재하게 된 것이다.

—프리드리히 니체

인터넷 포털에 'SNS의 현실'이라는 제목으로 게시물이 올라온 것을 본 적이 있다. 너저분한 현실의 장면에서 한 부분만을 잘라낸 사진을 나열한 것이었다. 이를테면 컵라면과 먹다 남은 밥 덩어리가 있는 식탁에서 음식이 근사하게 세팅된 접시만을 잘라냈다든지, 배 나온 촌부와 벌거벗은 아이들이 복작대는 초라한 해변에서 홀로 멋진 포즈를 취하고 있는 여자를 잘라낸다든지 해서 SNS용으로 멋지게 연출된 사진을 대비시킨 것이다. 그 게시물을 만든 사람의 의도는 명징했고 사람들의 반응들도 예상한 대로였다.

"이게 SNS의 현실이구나."

"사람들 허세하고는…… 쯧쯧."

"SNS에 사진 올리는 사람들의 정체가 이거였군."

대부분이 이런 내용이었다. 그 와중에 어느 누군가의 반짝이는 댓글 하나가 눈에 들어왔다.

"와! 바꿔 생각해 보면 우리의 초라한 일상의 장면에도 이렇게 근사한 부분이 있다는 거네!"

그 댓글을 보고 하루 종일 기분이 좋았던 기억이 난다. 그 사람은 평범한 일상에서도 기쁨을 찾아낼 줄 아는 사람일 것이다. 삶에 아주 작은 반짝이는 것이 있다면, 삶 전체가 빛나지 않는다고 해서 그 반짝임이 의미 없는 것은 아니다. 그것을 찾아 삶을 빛낼 수 있는 능력이 있는 사람에게는 작은 것이 곧 전체가 될 수도 있다.

따지고 보면 니체의 말대로 삶의 현장에 액자를 갖다 대 아름답게 연출한 것이 다름 아닌 예술이다. 진실은 가장 중요한 것이지만, 헐벗은 진실은 너무도 추해서 그대로 대면하기에는 고통스럽다. 그 추한 진실을 아름다움에 녹여내 그런대로 받아들일 수 있도록 하는 것이 지금까지 인간사와 함께한 예술의 책무였던 것이다. 이런 관점에서 보면 사람들이 SNS에 아름답게 편집해 사진을 올리는 일도 거짓과 허세만이 아닌, 삶을 좀 더 수월하게 받아들이려고 하는 예술 활동의 일종이라고 볼 수도 있다.

어쩌면 겉치레라고 여겨지더라도 가꾸고 꾸미는 일이 자존감을 일으켜 세우는 데 도움이 되는 이유다. '겉보기에 그럴듯한 나'는 자존감 약한 내가 받아들이기에 훨씬 쉽다.

일례로 자아가 가라앉아 있는 시기에는 외출할 때 화장을 하거나 단정한 옷을 입는 게 낫다. 외모지상주의를 부추기는 사회에 동참하라는 게 아니라, 행동의 폭이 더 넓어져서 그렇다. 내 집 방바닥에 누워 있을 때와 똑같은 행색으로 외출하게 되면 어딘지 모르게 주눅이 들기 쉽다. 게다가 실제로 외양을 어떻게 하고 있느냐에 따라 사람들은 같은 사람을 다르게 대하기도 한다.

언젠가 가까운 지인이 내게 이런 말을 한 적이 있다.

"요즘 이상하게 사람들이 날 함부로 대하는 것 같아. 방금 너하고 같이 들어왔는데도 안내 데스크에서 너한테만 인사하잖아. 저 사람들, 내가 뭘 물어봐도 제대로 대답도 안 한다고."

그 말을 처음 들었을 때에는 그녀가 스트레스로 피해망상이 생겼나 보다 하고 생각했다. 그런데 몇 번 그녀와 같이 다녀보니 정말로 사람들의 태도가 전과 다른 것이었다. 함께 의류 매장에 들어가도 점원이 귀찮다는 듯이 대답하거나 무시하기 일쑤였고, 어딜 가나 전반적으로 사람들이 그녀에게 더 냉랭했다. 당황한 끝에 겨우 추측할 수 있었던 이유는 그 무렵 그녀의 외양이었다. 당시 스트레스가 심해 면역성 질환에 걸려 있던 그녀는 피부염 때문에 화장을 못했고 머리나 옷차림에 신경 쓸 기운도 없었다. 나야 전부터 알고 지낸 사람이니 겉보기만으로 사람이 달라 보이지 않았고, 사람들이 그 정도로 노골적일 거라고 생각조차 하지 못했다. 그래서 원인을 추측하는 데 한참 걸린 것이었다.

우리는 겉모습만 보고 사람을 다르게 대하는 것이 천박하며 그런 일은 현실에서는 잘 일어나지 않는다고 생각하지만, 실은 그렇지 않다. 자아감이 꽉 차 있는 사람은 그런 사람들의 태도를 대수롭지 않게 넘길 수도 있지만, 한 톨의 인정도 아쉬운 사람에게는 남들이 나를 정중하게 대하는 것이 중요하다.

외모뿐만 아니라 직업, 재산, 각종 스펙이나 업적 등도 인간관계에서 마찬가지로 작용한다.

눈에 보이는 자존감의 근거를 잡기

앞서 말했다시피, 외모처럼 남에게 보기 좋은 것들은 자존감과 직접 관련은 없다. 그저 타인의 시선과 관련된 것일 뿐이다. 그러나 자존감이 낮은 사람들은 남의 시선이나 평가를 의식하지 않을 수 없기 때문에 자존감이 낮은 것이다. 이런 사람들에게 "겉보기는 중요한 것이 아니니 너 자신 그대로를 사랑하라"는 기계적인 주문은 공허할 뿐이다. 남은 물론이고 자신을 설득할 수 있는 근거를 한두 가지라도 갖추도록 노력해 자신의 장점을 복기할 때 번듯하게 내밀 수 있으면 좋다.

"다 갖추어도 나 자신을 사랑하기에는 부족하더라."

이런 한탄을 할 수 있는 건 하나의 조건이라도 충족해 본 사람뿐이다. 이런 과정을 거치고 난 후 현실과 자아의 충돌, 타협을 차례로 거치면서 자존감이 탄탄하게 자리를 잡는 것이다.

W는 처음 떠난 여행이 스스로 '벌레 같은 존재'라고 표현할 만큼 어두웠던 삶의 전환점이었다고 말한다. 어쩌다 친구들과 휩쓸려서 가게 된 여행지에서 그녀는 자신이 초등학생 수준의 어휘 실력으로도 막힘없이 말할 수 있는 재능이 있다는 것을 알게 되었다. 학창 시절 영어 성적이 잘 나오지 않았고 토익 점수도 형편없어서 항상 자신이 영어를 못한다고 생각해 왔는데, 그게 아니었던 것이다. 친구들 무리에서 통역 역할을 하며 여러 나라 사람들과 신나게 어울린 보름간의 여행 기간 동안, 그녀는 자신에 대해 달리 생각해 보게 되었다. 그리고 이때 얻은 자신감으로 그녀는 호주로 언어 연수를 떠나게 되었다.

한국인과 거의 마주칠 일이 없는 도시에서 열심히 영어 공부를 하고 돌아온 그녀는 어디에서나 영어로 깊이 있고 자유로운 대화를 할 수 있는 사람이라고 스스로를 소개할 만한 사람이 되었다. 그리고 이

후 마음에 드는 곳에 자리를 잡고 취업도 해 탄탄한 자존감이 있는 사람으로 살고 있다.

사실 웬만한 사람은 다 다녀오는 언어 연수니, 영어 좀 한다는 것이 요즘 세상에 그다지 큰 장점이 아닐 수도 있다. 영어 없이도 성공할 수 있을 만큼 실력을 갖추고 언어 실력이 매끄럽게 뒷받침되는 것이 이상적인 상황이기도 하며, 다른 부분만 갖춰진다면 영어 잘하는 사람을 고용하는 것도 어려운 일은 아니다. 그럼에도 불구하고 영어 공부가 W에게 자존감을 되찾는 전환점이 되어준 것은 그녀 자신에게는 영어가 가능성의 증거였기 때문이다. 그녀는 자타 공인의 영어 실력을 자존감을 찾아나가는 여정의 도구로 활용했다.

이처럼 나 자신과 남이 입에 올리기에 그럴듯해 보이는 장점들을 갖추어보라. 운동으로 근사한 몸 만들기, 자격증 따기, 자신만의 화장법이나 코디법으로 예뻐지기, 마라톤 완주하기, 돈 모으기 등 나에게 맞는 것이면 어느 것이라도 좋다.

단, 이런 '보기 좋은 조건'들에는 몇 가지 조건이 따른다.

일단 내 본질과 어긋나지 않는 진실된 것이어야 한다. 나 자신과 남까지 속여가면서 오로지 겉보기에만 그럴듯한 것을 꾸며 내미는 것은 당장은 나를 으쓱하게 할지 몰라도 결과적으로 자존감을 떨어뜨릴 뿐이다. 거짓 자아는 아주 쉽게 상처를 받고 작은 어려움에도 무너지기 때문이다.

또 이런 조건들을 바탕으로 자존감을 다지기 위한 행동을 현실로 옮길 용기가 곁들여져야 한다. 영어 잘하는 나, 20킬로그램을 빼고 몸짱이 된 나, 열 개의 자격증을 딴 나라는 건 내 정체성이 아니라 현실로 나아가기 위한 지렛대일 뿐이다. 지렛대를 이용하지 않고 그 조건에만 멈추면 강한 자아를 가지고 자기 인생의 키를 잡은 사람으로 성장하기 어렵다.

때때로 자존감 낮은 사람들이 이런 성과를 이루었다가 자신에게 도취되어 도를 넘는 행동으로 상처를 받는 경우도 있다. 이것 또한 하나의 과정일 수 있지만, 겸손의 태도를 견지한다면 중간 이탈의 위험을 줄이고 더욱 안정되게 자아 성장의 길을 갈 수 있다.

당장 내가 좋아하는 것, 잘할 수 있는 것들을 생각해 보고 그것을 눈에 보이는 근거로 변신시킬 수 있는 방법들을 찾아보자. 그 과정과 실천만으로도 내 삶에 생기가 도는 것을 느낄 수 있을 것이다.

 자신의 본래 성향과 징짐, 기호에 맞는 자존감의 근거를 만들 때, 자존감이 튼튼하게 뿌리내릴 수 있다.

저맥락 인간으로 살아보라

고맥락 사회, 한국에서 산다는 것

🌿 '이 오이는 맛이 쓰다.'

그러면 그것을 버려라.

'길에 가시덤불이 있다.'

그러면 그것을 피해서 가라. 이것으로 족하다.

어째서 이런 것들이 세상에 태어났을까 하고 불평하지 말라.

—마르쿠스 아우렐리우스

미국의 인류학자 에드워드 홀(Edward T. Hall)이 소개한 개념 중 고맥락(high context)과 저맥락(low context) 문화라는 것이 있다. 고맥락 문화권에서는 의사소통을 할 때 직접 표현된 내용뿐 아니라 상대방의 진의를 유추하는 단계를 중요하게 여긴다. 한국을 비롯한 동아시아 국가들은 고맥락 문화권에 속한다. 반대로 저맥락 문화권에서는 의사소통이 주로 표현된 내용 그 자체에 의해 이루어진다. 북미 국가들과 독일이 대표적이다.

그러니까 회사 상사가 "퇴근하세요"라고 말을 한다면 한국에서는 맥락에 따라 그게 정말로 퇴근을 하라는 의미가 아닐 수도 있다. 마감을 앞두고 있는 데다 상사 본인이 야근을 하고 있으면서 그런 말을 한다면 '나는 너희들을 이렇게 배려할 만큼 후한 상사니까 고맙게 여기고 너희도 야근을 하라'는 의미로 해석될 수도 있는 것이다. 반면 독일에서 '퇴근하라'고 한다면 그건 정말로 퇴근하라는 뜻이다.

한국에 머무는 캐나다인 친구에게 "내가 우리 집에 한번 초대할 테니 놀러 오렴" 하고 말한 적이 있었다. 빈말은 아니었지만 일종의 한국적 관용어법이었다. 굳이 풀이하자면 대략 이런 뜻이었다.

"지금은 확실하지 않지만 미래의 어느 시점에 초대하겠다는 마음이 들면 연락할게. 이렇게 제안할 만큼 네가 마음에 든다는 뜻이야."

그런데 며칠 후, 그 친구와 함께 지내는 한국인 친구가 연락을 해왔다.

"○○○가 네가 며칠에 초대할지 궁금해하면서 엄청 기대하고 있던데? 시간 미리 비워놓는다고."

그제야 나는 내가 말한 맥락과 그가 받아들인 맥락에 차이가 있었음을 깨닫고 당황했다. 부랴부랴 날짜를 잡고 음식을 준비하고 정식으로 초대했다. 그날 다 같이 즐거운 시간을 보낸 후 그가 무척 고마워하며 이렇게 말했다.

"오늘 초대해 줘서 정말 고마워. 내가 사는 곳으로 오면 꼭 연락해. 내가 네 여행 가이드가 되어주고 우리 집에서 재워도 줄게."

물론 나는 그 말이 그냥 한번 해보는 말이 아님을 알 수 있었다. 동아시아 사람이라면 이를 액면 그대로 받아들였을 때 '어머, 오란다고 진짜 왔어!'라고 생각할 수도 있었다.

고맥락 문화와 저맥락 문화 중 어느 쪽이 더 좋다고 잘라 말할 수는 없다.

고맥락 문화에서는 같은 삶의 공감대를 갖고 있는 사람들끼리 불필요한 소통 과정을 생략하고 효율적으로 협력할 수 있는 장점이 있다. 회사에 비상 상황이 터졌을 때 오랫동안 함께 일해 온 부하 직원에게 "박 대리는 당장 부장님께 보고하고, 이 대리는 협력사에 전화해 봐!"라고만 말해도 그들은 자신이 할 일을 이해하고 재빨리 문제를 해결한다.

저맥락 문화권에서라면 위와 같은 업무 지시를 하는 데 훨씬 많은 시간이 걸릴 것이다. 상사 본인이 상황을 말로 정확하게 정리하고 전달하는 데 시간이 걸리고, 또 부하 직원들도 같은 과정을 거쳐 전달하고 실행하기 때문이다. 하물며 "거시기 좀 거시기 해봐"와 같은 초(超)고맥락의 소통 방식도 엄연히 통하는 전통적인 공동체라면 소통에 필요한 에너지를 어마어마하게 절약할 수 있다. 동아시아 사람들이 발표와 토론에 서툰 것도 굳이 말을 잘할 필요가 없었던 문화적 배경이 한몫한다.

그런데 세상이 달라지고 있다. 고맥락 소통 방식이 통하려면 사회적 공감대가 바탕이 되어야 하는데, 그러기에는 우리들 생활의 단위가 너무 커지고 다양해졌다. 농촌 마을에서 평생 이사 가지 않고 얼굴 보며 살았던 공동체 단위가 이제는 국가 단위로 커져버렸다. 국가를 벗어나는 사람들도 적지 않은 세상이 되었다. 이런 세상에서 고맥락 문화권에 사는 우리가 무척 피곤해졌다.

사람들의 소통 방식은 여전히 고맥락인데, 공감해야 하는 사회적 배경은 너무나 제각각인 것이다. 각 산업 분야, 그 분야 중에서도 각각의 회사, 그중에서도 각 부서에서 이해해야 할 맥락이 모두 다르다. 개인의 삶에서도 각기 다른 친구 집단, 사교 집단, 결혼하면 배우자의 가족 집단까지 각기 다른 맥락을 파악해야 한다.

이 집단들에 새로 진입할 때에는 '눈치'가 곧 실력이자 인격이 된다. 행동 방침에 대한 매뉴얼도 없고, 규범을 직접적으로 설명해 주는 사람도 없다. 그래서 이 구성원들은 각기 속한 여러 개의 집단에서 맥락을 놓치지 않으려고 항상 긴장하고 있어야 한다. 게다가 맥락을 파악하는 센스는 타고난 경우가 많기 때문에 이에 어려움을 겪는 사람들은 본래 가치보다 저평가되고 자존감에 손상을 입기 쉽다.

이제 고맥락의 소통은 예전처럼 효율적인 것이 아닌 세상이 되어버렸다. 단일화된 맥락이 사라져버린 사회에서의 고맥락적 소통은 불필요하게 에너지를 소모할 뿐이다. 저맥락 문화권에서의 소통은 아무리 눈치가 없는 사람이라도 기본은 따라갈 수 있지만, 거짓보다 무지가 더 죄악시되는 고맥락 문화권에서의 소통 방식은 훨씬 더 복잡하다.

이를테면 내가 아는 평균적인 며느리인 T는 이번 주말에 집에 놀러 오라는 시어머니의 전화를 받고 난감했다. 이번 주는 하루도 빠지지 않고 야근을 해서 진심으로 집에 있고 싶었다.

T는 짧은 시간 내에 겨우 변명거리를 짜내고는 이런 말을 만들어 대답했다.

"어머니, 저도 너무 가고 싶은데 꼭 참석해야 할 결혼식이 두 건이나 있어요. 아범도 부장님 따라 골프 치러 가야 한대요. 다음 주에 꼭 갈게요."

반면 세계 최고의 저맥락 문화 국가인 독일에서 국제결혼을 해 그곳에 살고 있는 A는 시어머니에게 같은 내용의 전화를 받았을 때 이렇게 대답한다.

"어머니, 이번 주에는 너무 피곤해서 집에서 쉬고 싶어요."

"알았어. 그럼 집에서 푹 쉬렴. 안녕."

이 고부간의 대화에는 아무런 저의나 거짓이 없다. T처럼 간단한 자신의 의사를 표현하고 관철시키기 위해 대뇌 전두엽을 비상 가동 시켜야 하는 일상의 피로감이 없는 것이다.

이제는 고맥락 문화권에서도 고맥락 소통 방식의 문제점이 자주 제기되고 있다. 개인주의는 확산되는데 소통의 피로감이 더해가고 있고, 명확한 계약과 약속 이행이 필요한 비즈니스에서 충돌이 일어나는 경우도 적지 않기 때문이다.

한국 사회도 많이 달라져서 젊은 층에서는 저맥락 문화권의 소통이 제법 이루어지고 있다. 기성 세대는 이런 소통법을 두고 "요즘 젊은 것들은 버릇이 없다"라고 표현하고 있긴 하지만 말이다.

저맥락 인간은 자유롭다

저맥락 소통 방식에서 필요로 하는 덕목인 정직은 후천적인 것이다. 그러나 고맥락 소통 방식에서 필요한 해석 능력은 타고난 감지 능력과 종합적으로 해석할 수 있는 두뇌, 즉 '눈치'가 필요하다. 이 눈치는 반복된 경험과 고도의 집중력을 통해 길러지기도 하지만, 어느 정도는 타고난다. 게다가 여기에 적응할 의지가 추호도 없는 성정을 갖고 있는 사람들도 있다. 만약 당신이 사회에서나 인간관계에서 자신감이 없고 늘 주눅 들어 있다면 이런 부류에 속하는 사람일 수 있다. 고백하자면 나도 저맥락 인간형에 속한다. 그래서 고맥락의 언어를 다루는 시인이 되지 않고 이 글을 쓰고 있는 것이다.

고맥락 문화에 맞지 않는 사람이라고 해서 사람들 사이에서 섬처럼 지내야 하는 것은 아니다. 집단의 맥락을 이해할 능력이나 의지가 부족한 사람들 중에서도 나름의 장점을 살려 인정을 받고 강한 자존감으로 잘 사는 사람들이 많다.

어려서부터 독립적이었고 가족의 무조건적인 지지와 사랑을 받고 자란 K는 사회 초년생 시절에 "눈치 없다"는 말을 많이 들은 편이었다. 눈치를 보고 산 적이 없으니 눈치가 없는 게 당연한 것인데, 사회생활을 하면서 이렇게까지 단점으로 작용할 줄은 몰랐다.

일을 잘해 놓고도 눈치껏 상사의 공으로 돌릴 줄을 몰랐고, 상사들보다 일찍 출근해야 하는 분위기를 눈치채지 못해 출근 시간에 맞춰 출근했다. 선배들이 담배를 피우러 자주 자리를 비우기에 그래도 되는 분위기인 줄 알고 근무 시간에 카페에 갔다가 혼쭐이 난 적도 있었다.

이런 걸 일일이 지적받으니 자신이 뭔가 잘못된 사람인 것 같고, 어떤 행동이든 남들이 나서기 전에는 아예 하지 않게 되었다. 자기표현에 지나치게 소극적이니 사람들도 K를 무시하는 듯했다.

시간이 지나서 경험이 생기니 많이 나아지기는 했지만, 남들을 의식하는 건 여전히 스트레스였다. 평생 이런 생활을 해야 하나 싶어 회의감을 느끼다가 몇 년 안에 사표를 쓰고 창업을 해야겠다는 결심을 하게 되었다. 그래서 딱 3년만 종잣돈을 모으며 버티자는 심정으로 회사를 다니게 되었다. 그러고 나니 마음이 훨씬 가벼워졌다. 이 업계에서 살아남아야 한다는 부담이 사라지니 운신이 편해진 것이었다. 그때부터 K는 그냥 '생긴 대로' 살기로 했다.

사람들과 소통할 때 예의에 벗어나지 않는 선에서 직선 통행을 하기 시작한 것이다.

피하기 힘든 사정이 생기면 무리하지 않고 회식에 빠졌고, 자기 업무를 떠넘기는 식의 근본 없는 부탁은 거절했다. 인간관계에서 과하게 눈치 보지 않고 마음 가는 대로 하고 그 이유를 사실대로 말했다. 이렇게 하면 회사에서 '왕따'가 될 줄 알았던 K는 뜻밖의 결과에 어리둥절했다. 일관성 있게 일차원적인 소통 방식을 고수했더니 뜻밖에도 사람들은 그냥 그대로 K를 인정해 주는 것이었다.

"K 주임은 워낙 마이 웨이 스타일이니까 뭐."

"좀 답답하긴 하지만 그 친구, 직접적으로 말하면 잘 알아듣고 실천하잖아?"

"K가 맛있다면 진짜 맛있는 거야. 걔 빈말 못하잖아. 내 요리 솜씨 괜찮은 것 같아."

한결 편해진 회사 생활에 K는 창업도 미루고 계속 회사 생활을 하고 있다. 경력이 더 쌓일 때까지 기다릴 수 있는 여유가 생긴 것이다.

고맥락 문화권의 집단에서 맥락 파악을 잘하지 못하는 사람들은 차라리 저맥락 인간이 되기를 선택하는 것도 괜찮다. 의외로 사람들은 눈치를 보지 않는 사람보다 눈치를 보면서도 엉뚱한 결과를 내는 사람들을 더 싫어한다. 차라리 솔직해지고 자신만의 확고한 기준으로 진심과 성실을 일관되게 표현하는 게 나을 수도 있다. 상대와 잘 지내고 싶다면 어울리지 않게 아부할 게 아니라 그때그때 눈에 띄는 장점을 용기 내어 말하는 게 좋다. 인간관계를 유지하고 싶은 사람의 결혼식에만 가고, 도가 넘는 부탁은 거절한다. 아리송한 일이 생기면 엉겁결에 끌려가지 말고 질문을 해서 상황을 분명히 한다.

그러나 저맥락 인간으로 사는 게 무례함을 뜻하지는 않는다. 저맥락 문화권의 사람들 상당수는 우리 고맥락 문화권의 사람들보다 일상 매너가 좋다. 저맥락 소통은 하지 않아도 되는 말을 하지 않고 해야 할 말을 솔직하게 하는 것이다. 예를 들어 친구가 입고 온 옷이 어울리지 않아 보였을 때, "너를 위해서 하는 말인데 그런 옷은 어느 정도 살 빼고 입어"라고 묻지도 않은 말을 하는 게 저맥락 소통은 아니라는 뜻이다.

저맥락 소통을 하는 캐릭터로 일관되게 행동하면 주변에서는 포기하거나 인정하는 방식으로 적응한다. 당사자의 인격에 흠결이 없고 호의를 품고 있다는 것을 주기적으로 표현해 준다면 별 불편 없이 섞여들어 살 수 있다. 물론 눈치 빠르고 센스 있게 대처하는 사람들보다 출세하거나 사랑받지는 못할 수도 있다. 그러나 어차피 그렇게 될 수 없는 사람이라면 마음이라도 편하게 먹고 자아를 안정시키는 게 낫다. 사실 고맥락 문화에 기막히게 적응한 사람들 중에는 출세는 했을지언정 스트레스는 어마어마한 사람들도 많다.

이러나저러나 전 세계적으로 개인화와 통합의 과정이 동시에 진행되고 있는 이 세상의 소통 방식은 점점 저맥락화될 것이다. 내 인생의 은유만으로도 충분히 고맥락인 삶인데, 일상에서라도 단순하고 당당하게 소통하며 좀 편안히 지낼 필요가 있지 않을까? 이런 의식은 나를 정의하고 자존감을 일으켜 세우는 데 도움이 될 것이다.

 가장 가까운 가족과 저맥락 소통을 시도해 보자. 직접적인 메시지는 화법에 유의해 부드럽게 전달하는 것이 좋다.

5장

나를 위한
성을 짓다

자아를 풍성하게 만드는 관계

천재의 자존감은 높을까?

🌿 이성(異性)이 알게 해주는 행복, 다시 말해 인간이 획득할 수 있는 유일한 행복을 가져다주는 것이 사랑이라는 감정인데, 인간은 마치 자물쇠에 꼭 맞는 열쇠를 발견한 것처럼 자기 영혼 속에서 사랑을 발견한다. 이 사랑이라는 감정은 인생의 모순이 존재하기 때문에 나타나는 것이지만 또한 인생의 모순을 해결하기도 한다.　　　　　—레프 톨스토이(Lev Tolstoy)

자존감이라는 것이 자신을 존중하는 것이니, 사람이 스스로 존중할 만큼 잘났으면 저절로 자존감이 생기지 않을까? 머리가 아주 좋아서 모든 것들을 잘해낼 수 있는 사람이라면 어떻게 해도 자존감이 떨어지지 않을 것이다, 라고 생각할 수밖에 없는 게 우리 범인(凡人)들이다. 그런데 정말 그럴까?

나는 살면서 일반에게 알려진 천재들을 몇 명 만난 적이 있다. 그런데 사석에서 본 그들은 매체에 잠깐 비춰진 모습과는 달랐다. 그 어떤 문화권이나 계층, 가치관까지 관통할 수 있을 만큼 엄청난 비호감 캐릭터였던 것이다. 모든 천재들이 그런 것은 아니었지만, 만난 지 3초 만에 다시는 보고 싶지 않다는 확신을 들게 한 사람들은 모두 천재들이었다.

어찌 생각해 보면 천재들이 인간관계에 서툰 것은 당연한 일일지도 모른다. 사람들은 일부라도 자신이 배우고 싶은 부분을 가진 사람을 친구로 삼고 싶어 한다. 천재들은 남에게 배울 게 없다고 생각하니 누군가와 그다지 잘 지내고 싶지 않을지도 모르겠다.

그러나 여러 연구 결과들을 보면 천재들의 자존감이 생각만큼 단단하지 않다는 것을 알 수 있다. 자존감은 말 그대로의 잘남보다는 '관계'에 의해 형성되기 때문이다. 심리학자들은 천재들이 나이 들어가면서 범재가 되는 이유를 관계에서 찾기도 한다. 천재성이 인간관계 형성에 방해가 되다 보니 무의식에서 스스로 천재성을 소거시키기 때문이라는 것이다. 어른이 되어가면서 인간관계의 기술도 함께 익혀 사람들과 어울릴 수 있었던 몇몇만이 끝까지 천재성을 유지해 이름을 남길 수 있었다.

1만 년 전 구석기 시대에서 진화가 멈추었다고 보는 우리 인간은 개인으로서는 자연계에서 아무것도 아닌 존재다. 정글에 혼자 버려진다면 그 대단하다고 생각하는 지능으로 며칠이나 살아남을 수 있을까? 사람이 지구에서 가장 번성한 종이 될 수 있었던 건 관계를 형성해서 다른 개체와 힘을 합할 수 있기 때문이었고, 두뇌가 고도로 발달한 것도 더 많은 개체와 효율적으로 소통하고 협력하기 위해서였다. 덕분에 오늘날 인간은 현재의 65억 명, 그리고 지구를 살다 간, 만나본 적도 없는 수천억 명의 사람들까지 힘을 합친 결과로 스마트폰도 쓰고, 하루 만에 지구 반대편으로 이동도 하고, 100세까지 수명을 늘릴 수도 있게 된 것이다. 사실상 잘난 게 '관계'밖에 없는 인간의 유전자는 바로 그 관계를 정상적으로 유지해야만 생존할 수 있게 설계되어 있다.

실제로 제아무리 혼자 있는 것을 좋아하는 사람이라고 해도 직간접적으로 사람들과 소통을 하면서 산다. 히키코모리라고 불리며 방안에서 고립된 생활을 하는 이들은 온라인으로 쉴 틈 없이 사람들과 소통하면서 지내며, 사람에 치여 무인도로 들어간 사람들도 정기적으로 뭍을 오가며 다른 사람들과 상호작용을 한다.

관계에 대한 인간 본연의 욕구는 원치 않아도 자연스럽게 사람을 접하게 되는 보통의 우리로서는 쉽게 알아챌 수 없는 것일 수도 있다. 나는 텃세나 폭력이 난무하는 (것으로 보이는) 공동 수감 생활보다는 독방이 더 호젓하고 좋을 것만 같다. 무서운 감방 동기들과 시간을 보내기보다는 혼자 책도 읽고 글도 쓰는 게 나을 것 같아서다. 그러나 실제 수감 생활에서는 독방에 갇히는 것이 가장 무서운 형벌이라고 한다. 유력 사회 인사들이 배정받곤 하는 독거 수감실은 야외 운동도 하고 외부와의 소통이 비교적 자유로운 편이지만, 징벌적 독방은 모든 외부 접촉과 외출이 금지되어 있다. 이런 독방에서는 단 하루 만에도 정신적 타격을 입을 수 있다고 한다.

실제로 BBC 방송에서 '48시간 독방 실험'을 방송한 적이 있었는데, 피험자들은 독방에 갇혀 있는 동안 각종 환청과 환각에 시달렸다. 실험 직후 실시한 검사에서는 기억력과 인지 능력이 무려 70퍼센트 가까이 떨어졌다. 인간에게 있어 타인과의 교류란 물이나 공기와도 같은 것이다.

이렇게나 생존에 중요한 관계이기 때문에 우리 뇌는 타인과의 관계를 잘 맺으면 행복과 자존감을 선물로 준다. 결국 내가 아무리 잘났어도 타인이 없이는 자존감도 없는 셈이다.

어떤 관계가 자존감을 채워주는가

간혹 말할 수 없이 깊은 외로움을 느끼는 사람들을 보곤 한다. 그런 이들은 어김없이 자아가 위축되어 있다. 그들은 친구가 단 한 명도 없어서 말하는 법을 잊었을 정도라고 하며 자기연민에 빠지기도 하고, 타인의 호감을 사지 못하는 자신을 원망하거나 세상을 원망하기도 한다. 안쓰러운 마음으로 그들을 지켜보면서 저절로 발견한 공통점이 하나 있다.

그들은 정말로 남에게 관심이 없다.

J는 고등학교 시절 여럿이 어울리던 친구들 중 유독 S를 챙겼다. 심성이 여리고 착해서인지 S는 대학 생활과 사회 생활에 적응을 잘 하지 못했다. 한때 학교에서 집단 따돌림을 당해본 적이 있는 J는 최소한 자신을 배신할 일은 없을 성격인 S와 평생 친구로 지내야겠다고 마음먹었다.

S는 재택 아르바이트를 하고 있고 계속 연락을 하고 지내는 친구들과의 접점마저 없었기 때문에 J가 정기적으로 연락해서 안부를 묻고 밥을 사주곤 했다. 그런데 그런 시간이 몇 년 계속되자 J도 점차 지치고 연락이 뜸해졌다. 특별히 계기가 있는 것도 아니었고 S가 무례하거나 상식 밖으로 군 적도 없었다.

'나도 별수 없는 인간이구나. S가 처지가 어려워서 내게 선뜻 먼저 연락을 못하는 건데, 별로 득 될 거 없는 친구라고 소홀히 하게 되네. 만나면 우울한 이야기만 듣게 되어서 그런 건가? 어려울 때일수록 위로가 되어야 하는 건데……'

J는 죄책감 반, 의무감 반으로 S에게 연락했다. S는 반갑게 연락을 받으며 흔쾌히 J와의 만남에 응했다. 오랜만에 만난 둘은 몇 년간 쌓인 이야기를 하며 회포를 풀었다.

"……그래서 맞은편 ○○빌딩에서 아이돌 가수를 보게 됐다니까!"

"아! 그런데 네가 ○○빌딩엔 왜 갔어?"

"나, 그 건너편 ××그룹 본사에 다니잖아. 몰랐어?"

J는 졸업 직후에 입사해 쭉 ××그룹에서 일하고 있었다. 심지어 S를 회사 근처에 불러내 점심을 같이 먹은 적도 여러 차례 있었는데 자신이 그 회사에서 일하는지조차 모르고 있었던 것이다. 그날의 만남을 끝내고 와서 J는 생각이 많아졌다.

돌이켜보니 S는 만나면 항상 자신의 이야기만 하고 J의 말에는 귀 기울이지 않았다. 먼저 연락을 해 온 적도 없었고 생일을 기억해 준 적도 없었다. 자신의 어려운 집안 사정은 넋두리하듯 많이 이야기했지만 J의 집안 사정에 대해서는 관심을 가진 적이 없어서 아는 것도 없었다. 그건 J에게만 한정된 게 아니었다. S는 자신 외의 사람들에게 관심이 없었고, 자신의 불운과 고민으로만 꽉 차 있었다.

J는 자신이 S와의 관계에 시들해진 게 자신의 탓이 아님을 깨달았다. 연락하거나 만났을 때 이야기가 잘 통하지 않고 튕겨 돌아오는 기분의 정체가 바로 '무관심'이었던 것이다. 이제 J는 S와 다시는 만날 일이 없을 것 같다는 생각을 하며 기분이 씁쓸해졌다.

보통은 내성적이거나 소극적인 사람들이 모두 친구를 잘 사귀지 못하거나 외톨이가 된다고 생각하지만, 그렇지 않다. 아무리 내성적인 사람이라고 해도 자신의 생활 구역 안에서 마주치는 몇몇 사람들과는 흉금을 터놓게 마련이고, 친한 사람 앞에서조차 내성적인 사람은 거의 없다고 보아도 좋다. 내성적인 게 관계 단절의 이유는 될 수 없다는 말이다.

외로움에 고통받는 이들의 고민을 한마디로 정리해 보면 의외로 '외롭지만 남들에게 에너지를 쏟는 게 귀찮다'라는 게 핵심인 경우가 많다. 자신의 감정과 외로움으로만 온 신경이 꽉 차 있고 그걸 들어줄 사람이 필요한데, 피곤한 일상에서 시간을 내어 사람 만나는 게 귀찮고 남의 감정에 신경 쓰는 게 싫다는 것이다.

사람이 어느 정도 나이가 들면 20대 초반까지와는 달리 인간관계도 단순히 하는 게 맞다. 지나치게 소모적인 관계는 정리하고 내 마음이 원하는 사람과만 알짜배기 관계를 유지하는 게 낫기는 하다. 그러나 S와 같은 사람들은 그런 식으로 말끔하게 관계를 정리하는 것도 아니다. 밀도 없는 인간관계를 어영부영 지속하면서도 그 누구에게도 진심으로 마음을 쓰지 않기에 결국 본인이 정리당하곤 하는 것이다. 소위 '이용 가치가 없는 사람'이라고 해도 내게 진정한 관심을 두는 사람과의 관계를 마다할 사람은 없다.

신기한 것은 타인에 대해 진정한 관심을 품지 않는 사람들은 자기 자신에 대해서도 그다지 관심이 없다는 것이다. 사람의 정체성은 세상과의 상호작용에서 드러나는 것인데 그것이 단절되어 있으니 자신에 대해 잘 모른다. 생각의 초점이 정확히 자신을 향하기가 어렵다. 그래서 그들이 종일 생각하는 건 자신이 아니라 늘 '자신을 둘러싸고 있는 그 어떤 것'이다.

내 자아를 지탱시켜 줄 최소한의 관계조차 없다고 느낀다면 '나한테 무슨 문제가 있을까?', '나는 정말 엉망이야' 하며 내 안의 문제에만 집착하지 말고 고개를 들어 주변 사람들을 둘러보라. 그리고 그들에게 관심을 갖고 있는지 되짚어보라. 다른 원인을 찾기 전에 이 질문이 선행되어야 한다.

다양한 관계와 자존감의 관계

D는 좁고 깊은 인간관계만을 지향하는 성격이었다. 예민한 탓에 많은 사람들과 부대끼는 일에 쉽게 피로를 느꼈고, 한번 친구를 사귀면 너무 깊이 마음을 쓰는 편이니 그럴 수밖에 없었다. 어릴 때부터 단짝 친구가 한둘 생기면 그 친구와는 비밀이 없어야만 한다고 생각했으며, 모든 여가 시간은 그 친구와 보내는 걸 당연히 여겼다. 자연스레 생각이 같고 성격도 비슷한 아이들과만 친구가 되었다.

고등학교까지는 이런 교우 관계가 안정적으로 느껴져서 좋았다. 그러나 대학에 진학하고 이어 사회인이 된 이후에도 비슷한 패턴으로 사람을 사귀는 것은 쉽지 않았다. 마음 맞는 사람을 만나기가 어려웠고, 어른의 세계에 잘 녹아들지 못하는 자신이 한없이 못나게 여겨졌다.

어느 날 D는 술자리에서 만난 친구의 친구와 우연히 친해지게 되었다. 그 친구가 워낙 친화력이 좋은 데다가 회사와 집이 모두 가까워 만날 기회가 많았던 것이다.

D는 이제까지 자신이 외향적인 사람과는 친해지지 못하는 사람

인 줄 알았는데, 그건 어린 시절 상대방을 독점하려는 유치한 마음 때문이라는 것을 깨닫게 되었다. 모든 사람과 깊은 관계를 맺겠다는 욕심을 포기하니 자신과 색깔이 다른 사람과도 잘 어울릴 수 있었던 것이다.

활동적인 친구와 친해지게 되면서 D는 그 친구가 소개해 준 다양한 사람들과도 친구가 될 수 있었다. 그 일을 계기로 지금 D는 성격이 다른 여러 친구 모둠을 갖게 되었다. 때로는 맥주 한잔할 수 있는 동네 친구 모임이기도 했고, 같은 취미를 가진 모임, 같은 업종에서 정보를 공유하는 모임이기도 했다. 정작 이 모든 것의 시초가 된 외향적

인 친구는 요즘 서로 바빠서 잘 못 만나고 있지만, 1년에 한 번 얼굴을 봐도 여전히 반갑다.

D는 한 달에 한두 번씩 여러 종류의 사람들을 만나면서 삶이 풍성해진 기분이다. 예전에는 관계라는 게 다 부질없다고만 여겼는데 나이가 들면서 생각이 바뀐 자신의 모습에 놀라고 있는 중이다.

어른이 되면서 문학이나 영화에 등장하는 심각한 우정에 회의를 느꼈던 기억이 있다. 누구나 자신만의 삶의 무게밖에 감당하지 못하게 되어 있는 현실의 파고 앞에서 우정 따위의 가벼움에 실소하게 되기 때문이다. 그러나 그 단계를 넘어서고 나면 사람들은 대략 두 가지의 모습으로 관계도를 만들게 된다. 모든 관계를 피곤하게 여겨 가족 말고는 모두 멀어지거나, 예화 속의 D처럼 관계에 대한 새로운 문을 열거나.

나는 뒤늦게 후자 쪽으로 길을 틀었으므로 양쪽 모두의 삶을 경험해 보았다고 할 수 있겠는데, 삶의 질은 후자 쪽이 더 높다. 은둔해서 살더라도 역시 사람이기 때문에 소수의 관계 정도는 유지할 수밖에 없지만, 살다 보면 그 관계에 실망하는 순간이 온다. 어른 된 마음으로 '사는 게 다 그런 거지'라고 무심히 넘기려 해도 삶 전체에 회의감이 드는 건 어쩔 수 없다. 좋을 땐 홀가분하게 느껴지는 단출한 관계도가 안 좋을 땐 자아의 근간을 흔들기도 하는 것이다.

오로지 배우자와 자식에게만 에너지를 쏟거나, 하나의 친구 혹은 집단에게만 의존하는 직선 관계도를 가진 사람들은 자존감을 지키기가 더욱 어렵다. 하나의 공동체나 집단에서만 관계를 맺으면 그 집단의 요구에 걸맞은 사람만 자존감의 혜택을 누리게 된다. 그러나 대안이 되는 여러 집단이나 관계에 속해 있으면 그중 어느 집단에도 무리한 하중을 주지 않을 수 있으니 실망감을 피할 수 있다. 언제나 관계에 대한 보완책이 있는 셈이다. 이런 다중적인 관계도를 갖고 있으면 세상에서 소외된 존재가 아니라는 느낌을 유지할 수 있다. 심리학자들이 자존감을 위해서는 다양한 인간관계를 갖는 게 좋다고 하는 이유가 여기에 있다.

자아를 풍성하게 하는 다양한 관계를 누릴 때는 몇 가지 주의할 점이 있다.

첫째, 말할 것도 없이 좋은 집단이나 관계여야 한다. 나 자신의 주관적인 느낌으로도 좋아야 하고, 구성원들이 건강한 가치관을 가진 사람들이어야 한다. 둘러보아서 내가 본받고 싶은 사람들이 있는 곳에만 얼굴을 내밀어라.

둘째, 너무 큰 기대를 갖지 말라. 사람들에 대해 너무 깊게 알려들지 말고 나를 필요 이상으로 드러내지도 말라. 삶 전체를 공유하거나 의지하지 않고도 충분히 좋은 관계를 유지할 수 있다.

셋째, 관계의 우선순위를 정하고 그 순서대로 시간과 에너지를 배분한다. 얕고 다양한 관계가 모든 관계를 얕게만 맺으라는 것을 의미하지는 않는다. 개중에는 깊이 교감하며 정성스럽게 관리해야 하는 관계도 있는 법이다. 구분을 잘해서 우선순위가 높은 관계가 뒷전으로 밀리지 않도록 해야 한다. 이를테면, 어른의 관계도에서는 직계 가족 행사가 친구 정기 모임보다 먼저고, 우선순위가 높은 친구의 고민 상담이 덜 중요한 모임 약속보다 중요한 것이다. 우선순위가 높은 친구에게는 아낌없이 베풀 수도 있어야 한다.

넷째, 받을 것보다는 줄 것을 먼저 생각하라. 웬만큼 좋은 어른들의 모임에서는 무형의 것이든 유형의 것이든 서로가 주지 못해 안달이다. 그 속에서 주고받는 이들이 뒤섞여 서로 모를 것 같지만 사실 모두가 알고 있다. 관계는 일대일의 교환 관계가 아니라 하지만, 기본적으로 주고받는 것들의 균형이 맞을 때 유지되는 것이다. 인색하게 구는 사람들은 어떤 방식으로든 퇴출되게 되어 있다. 너무나 당연해서 공자님 말씀처럼 들리겠지만, 타인과의 관계에서 약간의 손해도 안 보려고 눈살 찌푸려지는 행동을 하는 사람들이 정말로 많다.

다각적인 인간 관계도를 만들기 위해서는 내가 맴돌고 있던 삶의 테두리를 한 발짝만 벗어나보면 된다. 성격을 바꿀 필요도 없다. 친구가 되는 사람들의 면면들을 보면 특정 방법으로 만났다고 말하기도 곤란할 만큼 경로가 다양하다. 친구의 친구의 연인의 친구들 모임에 관심사가 이어지기도 하고, SNS에서 친분을 쌓다가 친구가 되기도 한다. 인터넷 취미 동아리, 커뮤니티에서 인연이 만들어지는 경우도 있다. 동종업계 종사자들이 만든 네트워크에서 친구들을 발견하기도 한다. 결혼식에 참석했다가 신부 친구들끼리 정기 모임을 결성하는 경우도 봤다.

나 혼자 추스르기도 힘든 세상에서 새로운 관계가 부담스럽다고만 생각하지 말고, 오히려 내 무게를 내려놓기 위해 새로운 관계들에 도전해 보기를 바란다.

 극소수의 인간관계만 유지하고 있다면 새로운 카테고리의 관계를 만들어보자.

자존감 도둑은 내 친구가 아니다

친구는 모든 것이기도 하고 아무것도 아닌 것이기도 하다

당신 자신을 아첨으로부터 보호하는 유일한 방법은 진실을 듣더라도 결코 화를 내지 않는다는 것을 널리 알리는 것입니다. 그러나 누구든지 당신에게 솔직하게 말할 수 있다면, 당신에 대한 존경은 순식간에 사라지고 말 것입니다. 따라서 현명한 군주는 제3의 방도를 따라야 하는데, 자신의 나라에서 사려 깊은 사람들을 선임하여 그들에게만 솔직하게 말할 수 있도록 허용하되, 그것도 군주가 요구할 때만 허용해야지, 아무때나 허용해서는 안 됩니다.
　　　　　　　　　　　　　　　—니콜로 마키아벨리(Niccolò Machiavelli)

마키아벨리의『군주론(*Il Principe*)』은 '악마의 책', '권모술수의 원전'이라는 별명을 갖고 있는 책이다. 흥미로운 건 후대의 정치인들이 도덕적이지 못하다고 비난하면서도 이 책의 지침을 따랐다는 것이다. 군주에게 바치는 정치 철학서이기는 하지만 성악설을 기반으로 한 분석에는 우리 삶에 반영해 볼 수 있는 날카로운 지적들이 많이 담겨 있다.

인용한 부분에서는 군주가 주변 사람들을 다루는 방식을 말하고 있지만 친구들과의 관계에서도 참고할 만한 내용이다. 원치 않는 사람이 원치 않는 조언을 원치 않을 때에 하는 걸 허용하지 않아야 삶을 풍성하게 만드는 인간관계를 유지할 수 있다. 여기서 벗어나는 친구는 자칫 가장 위험한 '자존감 도둑'이 될 수 있다.

B는 입학 직후부터 친해진 친구 세 명과 대부분의 대학 시절을 보냈다. 그중 N은 성격이 활발하고 말도 재치 있게 잘해서 그 친구 그룹의 분위기를 이끌었다. 그녀도 N과 함께 있으면 큰 소리로 웃게 되는 일이 많아 좋았다.

그런데 언제인가부터 B는 자신이 학교 생활을 할수록 주눅이 들고 우울해지고 있다는 것을 깨달았다. 취업 걱정으로 다들 바쁘고 불안했지만, 그래도 청춘은 청춘이기에 다들 인생의 가장 빛나는 시기를 살고 있었다. 자신만 빼고 말이다. 그녀는 자신의 20대 초반이 이렇게 어두운 것이 어려운 가정형편과 못나고 소극적인 성격 때문이라고만 생각했다.

마지막 두 학기를 남기고 다 같이 휴학계를 낸 날, 친구들은 모처럼 거하게 술을 마셨다. 작정하고 마신 날이라 다들 정신없이 취했는데 그날따라 긴장이 많이 풀렸던지 N이 B에게 전에 없던 말을 했다.

"처음 봤을 때부터 넌 우리와 급이 다르다고 생각했어. 우리 중 너희 부모님만 대학도 못 나오고 집안도 좀……. 환경이 다르잖아. 그래서인지 영 센스도 없고."

그 말을 듣고 B는 술이 확 깨는 것을 느꼈다. 그제야 비로소 자신의 대학 생활이 왜 그 모양이었는지 수수께끼가 풀렸다. 매일 잠자는 시간만 빼고 함께 다녔던 친구가 자신에 대해 그런 생각을 품고 '너는 열등하다'라는 메시지를 수년 동안 그녀에게 주입해 왔던 것이다. 생각해 보니 다 같이 이야기하는 자리에서도 N은 B가 말을 할 때에만 농담조로 무안을 주었고, 장난처럼 외모 비하도 자주 했다.

"그만 말해. 지루해 죽을 뻔했다."

"어휴, 자랑질은! 누가 보면 너만 영어 잘하는 줄 알겠다."

"그 피부를 해서는 화장품을 뭘 사느냐가 문제겠니?"

"너하고 다신 클럽 안 가. 춤추는 거 개구리 같아서 옆에 있는 내가 부끄럽더라."

워낙 말을 재미있게 잘하는 친구라 그런 말을 듣고도 반박은커녕 매번 다른 친구들과 덩달아 웃어넘길 수밖에 없었지만, 그 모든 상처가 무의식에 가라앉아 조금씩 그녀의 자존감을 무너뜨리고 있었던 것이다.

다음 날 N은 자신이 술에 취해서 무슨 말을 했는지 전혀 기억나지 않는다고 발뺌했지만, 그 일을 계기로 B는 N과 완전히 절교했다. 그 이후 B의 삶은 그녀의 판단이 옳았다는 증거가 되었다. 그녀는 사람들에게서 성격이 밝아졌다는 말을 많이 들었고, 취업과 연애 등 하고 싶었던 일들이 모두 잘 풀려나갔다. 본인이 인식하는 자아상도 완전히 달라졌다. 삶에서 한 사람을 도려냄으로써 이렇게 달라지는 데, 왜 바보처럼 우정이니 친구니 연연했는지 과거의 자신이 한심할 지경이다.

사람들은 자존감을 좌우하는 환경적인 요소가 가정이나 재력이라고 생각하지만, 실은 그렇지 않다. 한 사람이 완전히 독립한 어른이 될 때까지 자존감에 가장 큰 역할을 하는 요소가 바로 친구다.

주디스 리치 해리스(Judith Rich Harris)의 '집단 사회화 발달론'에 따르면 사람은 사회화가 시작된 나이부터 청소년기까지는 양육보다 친구 집단의 영향을 훨씬 많이 받는다고 한다. 진화의 관점에서는 다른 형제를 양육하느라 바쁜 부모보다 친구 집단에서의 융화가 생존에 더 도움이 되기 때문이라는 해석이다. 이 이론으로 유추해 보면 아직 청소년기에서 많이 멀어지지 못한 B가 모멸감에도 불구하고 친구 집단에서 쉽게 벗어나지 못했던 이유도 납득이 된다. 이 시기에는 아직 친구 집단의 인정이 우회로 없이 자존감과 곧바로 연결된다.

친구 집단이 우정과 격려로 서로의 자아를 성장시켜 줄 수 있다면 친구는 세상에서 가장 소중한 것일 수 있다. 그러나 그 반대라면 위축되는 자아를 참고 달래면서까지 유지해야 할 만큼 절대적인 대상은 아니다. 이걸 깨달을 수 있어야 자아를 구할 수 있다.

자존감이 낮은 상태라면 함께 어울리는 친구들을 둘러보라. 그리고 그들과 동등한 교감과 편안함을 나누고 있는지를 체크해 보라. 만약 그렇지 않다면 한발 물러서서 거기서 멀어졌을 때 내 자아가 자유를 느끼는지 확인해 볼 필요가 있다.

언제나 친구보다 내가 더 소중하다

인간 사회라는 게 참 묘해서 사랑에 대한 신화는 잘 알려져 있지만 우정에 대한 환상은 견고하다. 심장을 두근거리게 하고 이 사람이 아니면 안 될 것 같은 미친 사랑이 20대 초반에 한정된 특판 상품에 유통기한 3년짜리라는 것까지 잘 알면서도, 『베니스의 상인(*The Merchant of Venice*)』 버전의 목숨 거는 우정은 평생 가져가야 할 보물로 보는 인식이 있다.

사실 친구가 가장 소중한 시기는 청소년기다. 나이 들어서도 친구가 가장 소중한 사람은 인간의 발달 단계에서 상위 단계로 나아가지 못하고 청소년기에 머물러 있는 사람이다. 진짜 어른에게 가장 중요한 것은 나 자신이며, 그다음이 배우자나 연인과 같은 안정된 사랑의 대상, 가족 등이다.

친구는 당연히 소중하지만 살면서 맺게 되는 여러 인간관계 중 하나일 뿐이다. 친구 관계가 내 자아에 흠집을 내고 자존감을 손상시킨다면 상대방은 나를 진심으로 대하고 있지 않은 것이다. 그럴 때는 망설임 없이 끊어내도 좋다. 당신이 그렇게 느끼고 있을 정도라면 이미 상대는 당신을 친구로 생각하고 있지 않은 경우가 대부분이기 때문이다.

어떤 사람들은 자신의 인격적 생존을 위해 다른 누군가의 희생을 필요로 한다. 자신의 자아상에 만족하지 못하기 때문에 주변에서 상대적으로 쉬운 대상을 찾아내 그를 밟고 폄하하면서 부족한 자존감을 채우는 것이다. 이런 방법에 익숙한 사람들은 하필 외향적이고 호감형인 경우가 많다. 기분이 내킬 때는 몹시 후한 모습을 보이기도 한다. 그래서 희생자들은 자신이 무슨 일을 당하고 있는지 쉽게 눈치채지 못한다. 도리어 불쾌감을 느끼는 자신에게 잘못이 있는 것은 아닌가 죄책감을 느끼거나 괴로워하기도 한다.

어쩌면 이건 정글이다. 위장과 사냥에 능숙한 이 '인격 장애자'들은 연약한 사냥감을 물색해 먹잇감으로 삼는다. 자기 확신이 없어 남의 말에 쉽게 휘둘리고 성정이 순한 사람이 주로 타깃이 된다. 그렇지 않아도 자존감이 약한 이 희생양들은 포식자들 때문에 더욱 자존감이 초토화된다.

이런 피해를 입지 않으려면 피하는 수밖에 없다. 친구라고 불렀던 사람을 통해서 자아가 위축되는 경험을 반복적으로 하게 된다면 그걸 이해하거나 해석하려들지 말고 그냥 멀어지는 게 낫다. 한참을 가다 언젠가 뒤돌아보게 되면 그제야 모든 것이 선명히 보인다. 상황이 충분히 이해될 때까지 견디는 것은 너무 늦다. 친구를 잃는 것을 두려워하기보다는 자신을 구하는 데에 관심을 기울여야 한다.

그래도 무언가 힌트가 필요하다면 확인해 볼 방법은 있다.

예민하게 상대를 관찰하고 있다가 당신에 대한 태도에서 불쾌감이 느껴지면 감정을 솔직히 이야기하고 그러지 말아달라고 부탁해 본다. 상대는 "뭘 그런 거 가지고 그러느냐"고 타박을 할 수도 있고, "그럴 뜻은 아니었는데 미안하다"고 말할 수도 있다. 문제는 반응이 아니라 이후에 그런 일이 계속 반복되는가 여부다. 알면서도 같은 행동을 한다면 상대는 당신을 친구가 아니라 '밥'으로 보고 있는 것이다.

두 번째는 당신의 신상에 무언가 좋은 일이 일어나고 있다고 이야기해 보는 것이다. 좋은 직장이든 근사한 남자 친구든, 상대가 가진 것보다 훨씬 그럴듯한 것을 갖게 되었다고 알린다. 그가 '포식자'라면 같은 자리에서도 되도록 당신과의 대화를 피하고 연락이 뜸해질 것이다.

한때 '밥'의 처지였던 내 지인들은 자신이 성공한 무렵부터 아무 이유 없이 연락을 끊은 절친들이 꽤 있다고 입을 모은다. 남의 희생으로 자존감을 연명하던 이들에게 가장 고통스러운 일이 '밥의 성공'이라는 말이다.

세상에 대한 호의를 가지고 살다 보면 내 장점을 알아봐주고 힘을 실어주는 새로운 사람들을 만나게 된다. 우리가 통상 친구라 부르는 깊고 친근한 무리가 아니라고 해도 적절한 교감으로 세상 살아가는 동기의 한 부분이 되어주는 사람들 말이다. 학창 시절을 같이 보내거나 집안 밑바닥 사정까지 다 아는 지근거리의 관계가 아니라서 그들을 친구라 부를 수 없다면, 차라리 친구가 없어도 괜찮다고 말하겠다.

안정적인 자존감을 구축하려면 긍정적인 자아상을 반사시켜 줄 착한 거울과 같은 사람들이 필요하다. 되도록 그런 사람들만을 곁에 두고 당신도 그들에게 같은 사람이 되어주면 된다. 친구라는 고정관념에 묶여 오히려 친구가 줄 수 있는 진정한 혜택을 평생 누리지 못할 수도 있다는 것을 기억한다면, 삶은 훨씬 자유로워진다.

 나를 힘들게 하는 친구 관계가 있다면 만남을 뜸하게 가지면서 자신의 변화를 관찰해 보자. 더 행복해졌다면 그 친구로부터 벗어나는 것이 답이다.

자아의 목소리에 귀 기울이는 연애술

모든 사랑의 열쇠는 자존감

> 사랑은 지배하지 않는다네. 사랑은 이루어낸다네. 그것은 지배하는 것 이상의 힘이지.
>
> —요한 볼프강 폰 괴테(Johann Wolfgang von Goethe), 『메르헨(*Märchen*)』 중에서

여자의 삶에 대한 책들을 써오면서 독자들로부터 헤아릴 수 없이 많은 상담 요청을 받았다. 요즘은 SNS나 블로그 등으로 독자들이 손쉽게 말을 걸지만, 예전에는 그렇지 않았다. 출판사로 전화해서 연락처를 물어보고 다시 출판사에서 내게 연락해 허락을 구한 후에야 이

메일 주소 정도를 알려주는 식이었다. 이런 장벽을 뚫고 내게 질문을 할 정도면 그 절박함이 짐작 가기에 거의 모든 고민 상담에 응해주곤 했는데, 사실상 대부분이 사랑에 관한 것이었다.

사람마다 성격과 환경이 다르고 연인 관계도 오직 당사자들만 아는 것이라고들 하지만, 경험하고 공부할수록 사람살이가 뻔하다는 걸 깨닫는다. 관계에는 유형이 존재하고 거기에서 크게 벗어나지 않는 게 사람이다. 사실 그 정도로 조언이 간절할 상황이면 이별만이 답인 경우가 대부분이다. 그리고 당사자도 그걸 알고 있다.

좋은 남자, 나쁜 남자를 구분하는 법이나 상처를 주는 남자의 마음의 해석법은 상황이나 유형마다 일일이 가르쳐준다고 되는 것도 아니고, 초심자가 무작정 적용한다고 효과를 보는 것도 아니다. 그러나 수많은 사랑의 경우의 수를 접하면서 나는 사랑을 할 때 유일하게 공통적으로 필요한 게 무언지 발견했다. 바로 자존감이다. 과장을 좀 섞어서 말하자면, 자존감만 탄탄해도 모든 사람이 자기 방식으로 사랑을 잘해내게 되어 있다.

우리는 마음을 주던 사람이 알고 보니 터무니없는 사람이었다는 걸 알게 되면 배신감과 슬픔을 느끼게 된다. 그러나 마지막까지 우리를 괴롭히는 감정은 바로 자괴감이다.

'내가 사람 보는 눈이 그것밖에 안 되었다니! 더구나 그런 인간한테 그런 취급을 받았다니!'

그러나 연애의 시작 단계에서는 누구나 잘못된 선택을 할 수 있다.

사람의 속사정은 누구라도 모르는 데다 관계 지향적 동물인 인간은 기본적으로 사람을 믿게끔 설계되어 있다. 상대방이 말하고 보여주는 것을 일단은 믿는 정도의 신뢰는 있어야 인간 공동체에서 무사히 살아남을 수 있기 때문이다. 그래서 세상살이 100단인 인생 고수들도 여전히 사람에 속는다. 하물며 연애를 시작하는 젊은 나이의 사람들이 잘못된 연애를 시작할 가능성이야 충분하지 않겠는가.

연애를 잘하는 사람과 그렇지 않은 사람의 차이는 진행 과정에서 자신을 어떻게 보호하느냐에 달려 있다. 안정된 자존감을 가진 사람들은 상대가 자신을 어떻게 생각하는지, 그리고 상대의 인성이 자신에게 어떤 영향을 끼칠지 예민하게 알아챈다. 그래서 '아니다'라는 답이 나오면 재빨리 그 관계에서 벗어날 수 있다. 자존감이 약한 사람은 관계가 지속되면서 생기는 자신의 불편한 감정을 인정하지 않고 자꾸 합리화시키려고 한다.

'사랑은 믿어주는 거야.'

'사랑은 희생하고 이해해 주는 거야.'

이런 교과서적인 논리로 자신을 설득해 보려 하지만, 이런 사랑의 명제들은 종교 경전에나 적혀 있는 것이다. 예수의 제자들도 다 실천하지 못했던 미덕의 잣대를 자신에게 들이대면서 괴로워할 필요가 없다.

'연애교' 경전의 교리는 단 하나다. 사랑을 하면서 내가 불행하면 진짜 사랑이 아니다. 자존감이 낮은 사람들은 상대방보다 자기 자신을 더 의심하기 때문에 자신의 불행한 감정에 귀 기울이지 못한다. 머리

가 대단히 좋은 사람이 아니라고 해도 자아의 목소리에 귀 기울일 줄
알게 되면 저절로 논리가 생긴다. 그 논리에 따르면 잘못된 판단을
할 리가 없다.

　전날 늦은 저녁부터 연락이 안 되는 남자 친구 때문에 마음고생을
하던 E가 겨우 연락을 받은 것은 다음 날 오후가 지나서였다. 친구와
술을 마시다가 둘 다 너무 인사불성이 돼서 근처 모텔에서 잠깐 눈을
붙이고 나왔다는 것이었다. 뭔가 마음이 불편했지만 그대로 넘어갔다.
　그런데 며칠 후, E는 아는 사람의 SNS 사진에서 우연히 뭔가를 발
견했다. 그녀의 남자 친구와 막역한 여자 대학 동창이 올린 셀프카메
라 사진이었는데, 그 뒤편 유리창에 희미하게 E의 남자 친구 모습이
비쳤다. 남자 친구가 모텔에서 친구와 잤다는 그 날짜에 찍힌 사진이
었다. 놀라고 화가 난 그녀는 남자 친구에게 바로 연락을 했다. 남자
친구는 당황한 목소리이더니 이내 평정을 찾고 차근차근 설명을 하
기 시작했다.
　"나하고 걔, 그냥 친구인 거 잘 알잖아. 너하고 같이 만난 적도 있
고. 걔가 회사에서 속상한 일 있대서 고민 들어주다 늦었는데, 어쩌
다 보니 둘이 너무 취한 거야. 택시도 안 잡히고 둘이 번갈아가면서
토하고 너무 힘들어서 잠깐 씻고 정신 들 때까지 있으려고 근처 모텔
에 들어갔어. 들어가자마자 따로따로 쓰러져서 잠들어버렸어. 너한
테 처음부터 말 못한 건 지금처럼 오해할까 봐 그런 거야. 따지고 보
면 아무 일도 아닌데 괜히 속상하게 할 수 있으니까. 정말 어쩔 수 없

는 상황이었고, 네가 의심하는 것 같은 일 없었어. 정말이야. 우리 부모님을 걸고 맹세할게."

남자 친구는 정말 억울한 눈치였고, 듣다 보니 그럴 수도 있겠다 싶은 생각도 들었다. E는 알겠다고 하고 전화를 끊었다.

그리고 다음 날 남자 친구에게 이별을 통보했고, 이후로 다시는 남자 친구를 대면하지 않았다.

E는 왜 그랬을까? 일단 통상적인 경우의 수를 보았을 때 남자 친구가 말한 상황 그대로일 가능성은 희박하다. 왜냐고 묻는다면 원래 사람이 그렇게밖에 행동할 수 없는 존재라서 그렇다고밖에 대답할 수 없겠다. 하지만 '절대'라는 말이 존재하지 않는다는 것이 유일한 절대 법칙인 이 세상이기에 남자 친구의 말이 진실일 수도 있다. 드라마를 보면 비슷한 상황에서 주인공이 정말 억울하게 오해를 받는 상황들이 많이 나온다. 정말 그런 상황일 수도 있지 않았을까? 어차피 진실을 알 수 없는 이 상황에서 진실을 부르짖는 남자 친구를 한 번쯤 믿어줄 수도 있지 않았을까?

하지만 E가 이별을 선택한 것은 남자 친구의 말이 거짓이라고 생각해서가 아니었다. 그녀는 남자 친구가 다른 여자와 단둘이 술을 마실 때, 그 여자와 모텔에 들어갈 때, 그 일들이 일어나는 동안 그녀의 연락을 받지 않았을 때, 그 모든 선택의 순간에 그녀의 존재를 고려하지 않았다는 점에 주목했던 것이다. 남자 친구는 모텔에서 무슨 일이 있었는지 없었는지 자기 입장에서 설명하기 바빴지만, 자신이 처음부터 이 모든 상황을 만들면 안 되었을 사람이라는 것을 끝까지 깨닫지 못했다. E는 상대방으로부터 자신이 존중받지 못하는 지점을 정확하게 알 수 있었다. 그래서 자신을 보호하기 위해 이별을 선택했다.

자존감이 희박한 사람들은 제대로 된 사랑을 하는 사람의 행동 양식을 이해하지 못하는 경향이 있다. 자신이 스스로를 아끼고 대접해 준 경험이 일천해서 그렇다. 이들은 지금의 연인과 헤어지면 다시는 자신을 사랑해 주는 사람을 못 만날 것 같은 불안감 때문에 자기 감정을 부인하기도 한다.

자신을 사랑하지 못하는 사람들이 타인과의 사랑으로 부족했던 사랑을 채우고 행복해지는 로맨스 판타지는 가상 세계에서나 가능한 일이다. 세상에는 자아가 약한 사람을 기막히게 알아보고 자기한테만 편한 이기적인 연애를 하려는 사람들이 더 많다. 그래서 여러모로 훌륭한 사람이 납득되지 않는 상대와 만나 고통스러운 관계를 지속하는 경우를 자주 보게 되는 것이다.

그래서 외모나 스펙보다 더 중요한 연애의 조건은 자존감이다.

그 어렵다는 '밀당'의 정체

"연애를 잘하려면 '밀당'을 잘해야 한다는데 어떻게 하면 잘할 수 있나요?"

고민이 많은 젊은 독자들에게 정기적으로 받는 질문이다. 밀당이란 '밀고 당기기'의 준말로 연애 상대를 향한 호감의 표현과 무심함을 적절히 반복하며 상대가 긴장감을 갖게 하는 것을 말한다. 호감 표현에 너무 적극적이면 상대가 느끼는 호기심과 매력도가 떨어지고, 반대로 너무 밀어내기만 하면 아예 관계가 끊어진다는 것이 상식이다. 이런 기술 위주의 연애 비법이 현실에서도 주효하다면 이것만 다룬 책들이나 온라인상으로 나도는 요약본으로도 충분할 것이다. 하지만 이런 '기술'을 다룬 이론들은 생활 속 연애에서는 큰 도움이 못 된다. 이건 맛집 사장이 공개하는 레시피대로 요리를 해도 일반인이 그 맛을 낼 수 없거나, 대문호가 공개하는 집필 비법을 읽어도 그만한 글을 쓸 수 없는 것과 같다. 기술이 효과를 낼 수 있는 수백 가지 상황의 조합이 있는데, 그것은 재능과 경험이 있는 사람만이 적재적소에 쓸 수 있다. 밀당의 법칙은 의외로 단순하다.

연애 고수 I는 친구로서는 좋은 사람이다. 그런데 연애하는 모습을 옆에서 지켜볼 때에는 도무지 종잡을 수 없는 사람으로 보인다. 한번은 남자 친구가 선물로 비싼 목걸이를 선물로 사온 적이 있었는데 보자마자 마음에 들지 않아 받지 않겠다며 돌려주었다. 남자 친구는 당황해서 매장으로 가 요즘 가장 인기 있다는 다른 디자인으로 교환해야 했다. 그런가 하면 어떤 때에는 길거리 노점에서 지나가다가 함께 고른 5천 원짜리 은도금 귀걸이에 뛸 듯이 기뻐하기도 했다. 데이트할 때도 마찬가지였다. 남자 친구가 아무리 신경 써서 고른 레스토랑이라도 자신의 입에 맞지 않으면 한 입만 먹고 젓가락을 내려놓았고, 맛있으면 길거리 핫도그라도 세상에서 가장 행복한 표정으로 먹곤 했다.

관계를 이어나가는 데 있어서도 남자 친구를 위해 꾹 참거나 말없이 배려해 주는 구석이 없었다. 싫고 좋은 감정을 즉석에서 표현했고, 잘해 주고 싶을 때만 잘해 주었다.

이쯤 되면 변덕에 질린 남자들이 떠나갈 것 같기도 한데, 오히려 그 반대였다. 몇 년에 한 번 바뀌는 남자 친구들은 언제나 읍소하며 매달렸지만 그녀 쪽에서 이별을 요구했고, 개중에는 아직도 '너만 평생 기다리고 있다'는 메시지를 주기적으로 보내는 전 남자 친구도 있다.

여기서 I가 밀당의 고수이거나 치명적인 미인이라서 가능한 일이라고 생각하기 쉽지만, 그렇지 않다. 미모는 연애를 시작하기에 좋은 조건이지만, 관계를 유지하고 좋은 연애를 하는 것과는 큰 관계가 없다. I의 비결은 그중 어떤 행동도 의도하지 않고 자신의 마음이 가는 대로만 행동한 것이었다. 그러나 이 이야기를 듣고 당신이 기계적으로 그녀의 행동을 따라 한다고 해서 연애의 주도권을 쥘 수 있다고 보장할 수 없는 이유는 비슷한 상황에서 비슷한 까탈을 가장한다고 같은 결과가 나오는 것은 아니기 때문이다. 이런 행동은 상대방도 소중하지만 나 자신이 가장 소중하다는 강력한 자의식에서 저절로 나오지, 매뉴얼에서 나오지 않는다.

'나 없이도 잘 살 수 있는 사람이 나를 선택해서 함께해 주고 있구

나라는 인상을 주는 것이 I가 견지하는 밀당의 비법이라면 비법이었다. 실제로 자신의 일과 취미 생활만으로도 생활이 꽉 차 있는 그녀는 연애에 크게 절박해하지 않는다. 어쩌면 매력을 유지하는 가장 큰 비법은 상대방에게 언제든 떠날 수 있다는 생각을 심어주는 것일지도 모르겠다.

나는 작년부터 고양이를 키우게 되었는데, 이 한 살 반짜리 상전과 교감하기 시작하면서부터 연애란 어떻게 해야 하는지 뒤늦게 배우고 있는 중이다.

고양이는 좋고 싫은 감정을 숨기는 법이 없다. 항상 주인의 사랑을 받을 준비가 되어 있는 개와 달리 자신이 내킬 때에만 애정을 표현하고, 싫을 때 스킨십을 시도하면 달아나거나 화를 낸다.

평소 주인과 상관없이 나름대로 생활하던 고양이가 때때로 꼬리를 치켜들고 다가와 볼을 부비며 애정 표현이라도 하게 되면 말할 수 없이 황홀해진다. 내가 원할 때 요구한다고 해서 누릴 수 있는 호강이 아니기 때문이다. 만약 내가 소파에 누워 있는데 고양이가 배 위에 올라와 앞발로 주물럭거리는 행동(고양이 최고의 애정 표현이다)을 하면 나는 모든 행동을 멈추고 이 녀석에게 집중하며 눈을 마주치거나 쓰다듬어 애정에 보답해야 한다. 이럴 때 내가 무심히 TV를 보거나 스마트폰을 들여다보면 녀석은 당장 애정 표현을 멈추고 떠나가 다시 돌아오지 않는다. 고양이의 애정 표현은 간식이든 장난감이든 그 무엇으로도 살 수 없다. 그런 것들로 호감을 얻어서 언젠가 애정 표

현을 받을 후보가 될 수는 있겠지만, 애정 표현은 어디까지나 고양이 마음이다. 이 관계에서 칼자루를 쥔 건 고양이고 나는 언제 베풀어질지 모를 녀석의 사랑을 갈구하는 입장이 될 수밖에 없다. 그래서 "고양이의 매력에 빠지면 약도 없다"는 말이 생겼나 보다.

밀당을 잘하고자 한다면 고양이처럼 행동하면 된다. 그렇게 하기 위해서 행동 지침을 설계하고 복잡하게 머리 쓸 것 없이 나 자신을 최우선순위에 두면 된다. 평소에는 나 자신에 집중하면서 살고, 어쩌다 상대가 사랑스럽게 보이면 마음을 다해 표현해 주는 것이다. 그러다 내키지 않으면 또 그 마음을 그대로 표현한다. 억지로 상대방에게 맞추고 내 감정을 사랑이라는 이름으로 억누른 채 24시간 상대방을 바라보는 것은 어느 모로나 서로에게 좋지 않은 일이다.

자존감이 약해서 이게 잘 안 되는 이들은 너무 절박하게 굴거나 반대로 그런 마음을 숨기기 위해 상대를 함부로 대하다가 관계를 망치곤 한다. 그래서 좋은 사람을 만났다고 해도 자존감에 문제가 있는 사람들이 순탄하게 관계를 유지하기가 쉽지 않다. 자신을 사랑하지 못하는 사람은 그 빈자리를 타인을 통해서만 채우려들기 때문에 상대에게 부담을 지운다. 사람은 누구나 생각보다 연약해서 타인의 빈 공간을 일방적으로 채워줄 힘이 없다. 퍼즐 조각을 맞춰 홈을 메우듯 서로 다르게 들고 나는 존재의 이면을 맞추어 살아갈 뿐이다.

게다가 이런 성향은 연인뿐 아니라 다른 모든 관계들에서조차 매력적이지 않다.

연애가 어렵다면 잔기술을 수집하는 데에만 급급해하지 말고 자아에 집중하고 힘을 기르려 애써야 한다. 내가 아무도 필요로 하지 않을 때 모든 사람이 나를 필요로 한다는 모순을 기억할 필요가 있다.

무슨 소원이든 들어주겠다는 알렉산드로스 대왕에게 햇볕이나 가리지 말고 비켜달라 했던 고대 철학자 디오게네스는 이런 원리를 알고 있었던 듯하다.

알렉산드로스의 매제이자 최측근이며 잔혹하기로 유명했던 페르디카스 장군은 부하를 보내 디오게네스를 청하며, 만약 부름에 응하지 않으면 죽이겠다고 협박했다. 그러자 디오게네스가 이렇게 회신했다.

"협박치곤 약한데요. 제 목숨이야 이집트 독풍뎅이나 독거미 따위도 거둬갈 수 있으니 말입니다. 차라리 이렇게 협박하셨으면 나았을 뻔했습니다. '자네 없이도 나는 행복하게 살 수 있다네!'"

누구든 디오게네스처럼 협박할 수 있는 사람이어야 바람처럼 자유롭고도 견고하게 살 수 있다.

연애 중이라면 상대의 행동에 따른 내 기분을 솔직히 표현해 보자. 솔직한 감정 표현은 건강한 관계와 자존감의 필수 요소다.

인간의 존엄성은 경제적 독립에서 온다

통장이 지켜주는 자존감

독일의 국가들은 완전히 독립적이고, 농촌 지역의 영토를 별로 가지고 있지 않으며, 그들이 원할 때만 형제에게 복종합니다. 그들은 황제나 다른 인접 세력들을 두려워하지 않습니다. 위낙 방어가 잘되어 있어서 누구나 그 국가들을 포위하고 공격하는 일을 대단히 지겹고 어려운 일이라고 생각하기 때문입니다. 도시는 모두 강력한 성벽과 해자로 둘러싸여 있고 충분한 대포를 보유하고 있으며, 창고에는 1년을 버티기에 충분한 식량, 식수 및 연료가 비축되어 있습니다. (……)

그렇게 질서가 잡힌 견고한 도시를 갖고 있으면서 백성들에게 미움을

받지 않는 군주는 어떤 공격에도 안전합니다.　　　　—니콜로 마키아벨리

이탈리아판 춘추전국시대를 살았던 마키아벨리는 조국의 통일을 꿈꾸며 당시 유럽 국가들의 상황과 알력을 관망한다. 당시 프랑스와 스페인은 어느 정도 중앙집권화가 되어 있는 상태였고 독일은 신성로마제국의 지배를 받는 봉건 군주들이 통치하고 있었다. 마키아벨리는 적당히 황제에게 복종하는 듯하면서도 독립성을 유지하는 독일 지역 국가들에 주목했다. 그들은 주변 동맹국들이나 황제에게도 자신이 원할 때에만 협조했으며, 어디에도 굴욕적일 필요가 없었다. 그들의 비결은 간단히 말해 견고한 성과 부였다. 외부에서 침입하면 문을 걸어 잠그고 버틸 수 있는 능력, 적들을 먼저 지치게 만드는 부의 축적이 그들을 자유로울 수 있게 한 것이었다.

한 국가를 자유롭게 할 수 있는 경제력이라는 것은 개인에게도 고스란히 적용된다.

물론 돈과 자존감은 비례하지 않는다. 그러나 독립된 삶을 살 수 있을 정도의 경제적 능력은 있어야 안정된 자존감을 유지할 수 있다. 자본주의 사회에서 돈으로 환원되지 않는 능력과 가치를 인정받기란 정말 어렵기 때문이다. 한번은 강연장에서 만난 연세 지긋한 주부가 내게 이런 말을 한 적이 있다.

"식당 설거지로 다만 몇 십만 원을 벌더라도 반드시 내 손으로 버는 돈이 있어야 해요. 아무리 가족들을 위해 희생해도 나는 그냥 집

에서 '노는' 사람이더라고요."

나는 전업주부들이 종종 스스로를 '집에서 논다'라고 표현하는 것이 안타깝다. 1년 중 책을 구상하는 반년은 주부로, 본격 집필에 들어가는 반년은 직업인으로 살면서 전업주부의 삶이 어떤지 모르지 않기 때문이다. 결과물에 비해 유난히 손이 많이 가는 한식, 반드시 허리나 무릎에 탈이 나게 되어 있는 온돌 바닥 걸레질, 분 단위로 치워야만 쌓이지 않는 쓰레기들, 말할 것도 없이 답 없는 육아……. 이 모든 것을 전담하는 주부라는 직업을 어떻게 '노는 것'으로 표현하는가 말이다. 나는 몇몇 남자들에게 집안일이 힘든 것이라는 말을 했다가 이런 대답을 들은 적이 있다.

"음식 하는 거요? 그게 뭐가 힘들어요? 우리 엄마 보니 10분 만에 반찬 서너 개씩 휘리릭 만들던데요?"

"화장실 청소요? 그냥 샤워기로 물 뿌리면 깨끗해지잖아요? 청소가 따로 필요해요?"

어머니가 반찬 서너 개를 순식간에 만들 수 있는 것은 하루 종일 장보고 밑 재료를 다듬어 준비해 놓았기 때문이고, 물때와 분뇨에 매일 노출되는 욕실은 그리 손쉽게 깨끗해지는 게 아니다. 직접 전담하지 않으면 결코 알 수 없을 일들이다.

하지만 가사노동의 가치는 아무리 강조해도 쉽게 알지 못한다. 돈으로 환산되지 않기 때문이다. 그래서 나는 직접 만나는 독자들에게 힘들어도 결혼 후 직업을 유지하기를 권하는 편이다. 차라리 내 손으로 경제활동을 하고, 가사노동에 제값을 치르는 편이 자존감을 유지하기가 쉽기 때문이다.

16세기 초 독일 봉건 국가들처럼 혼자 힘으로 버틸 수 있을 만큼 경제력이 있을 때에 사람은 독립적인 존재로서 인정받을 수 있고 자신의 가치를 인식하기도 쉽다.

막 결혼한 J는 처음 결혼했을 때부터 시동생이 좀 불편했다. 과묵하다는 말로 표현하기에도 부족할 만큼 말이 없어도 너무 없었던 것이다. 그는 가족들이 다 함께 모이는 자리에서도 거의 입을 열지 않았고, 어색해진 J가 일부러 말을 붙이며 질문을 해도 단답식으로만 답을 했다. J는 시동생이 심하게 낮을 가리는 성격이겠거니 해서 얼굴 볼 때마다 더 친근하게 굴려고 애를 썼고, 그 덕분에 조금은 대화를 할 수 있을 정도는 되었다.

그러다 취업 준비생이던 시동생이 대기업에 합격했다는 소식이 들려왔다. 첫 월급을 받은 시동생이 가족들에게 저녁 한끼를 사겠다고 연락을 해와서 가족들이 모두 한자리에 모였다. 그날 J는 오랜만에 만난 시동생에게 축하 인사를 건넸다가 깜짝 놀랐다. 시동생이 그녀의 말을 단어가 아니라 문장으로 된 말, 그것도 무려 농담으로 받아친 것이었다. 1년 만에 처음 보는 모습이었다.

이후 가족 대소사에 축하금을 척척 보태고 조카들에게 용돈도 쥐여주는 그에게서 이전의 수줍은 모습은 찾아볼 수 없게 되었다. J는 부모에게 경제적으로 예속돼 있던 시동생이 어지간히 위축되어 있었구나 하고 짐작할 수 있었고, 때론 경제적인 독립이 이토록 빠르게 사람을 바꿀 수도 있다는 사실을 깨닫게 되었다.

J는 직접 볼 수 없었겠지만, 그녀의 시동생은 취업 준비생으로 지내는 동안 부모님과 꽤나 많은 충돌과 갈등을 겪었을 것이다. 본래 내성적인 성격인 데다 자아에 대한 신뢰감이 떨어진 상태여서 새로운 사람과 말을 섞고 상호 관계를 맺는 것도 부담이었을 것이다.

경제력이란 그 돈으로 당장 무엇을 할 수 있다는 것만을 의미하지 않는다. 경제력을 가진다는 것은 스스로를 부양하게 된다는 뜻이며 자기 인생의 결정권을 가진 존재가 된다는 의미다. 그래서 J의 시동생처럼 짧은 시간에 자아상을 바꾸기도 하는 것이다.

요즘 젊은이들이 가장 부러워하는 것이 힘들게 벌지 않아도 부모 돈으로 먹고살 수 있는 사람들이다. 자기 힘으로 힘들게 성취를 이룬 사람은 자기 처지에서 바라보고 나아가야 할 롤 모델일 뿐, 진짜 부러운 사람은 아니다. 직장 생활은 직장 생활대로, 자영업은 자영업대로 돈벌이의 과정이 너무나 힘들기 때문이다. 고달픈 생업에 시달리지 않고 부모님이 물려준 부동산에서 나오는 월세로 생활하거나, 유학을 빙자한 외유 후 유학파 간판을 내걸고 돈 안 되는 예술 활동에 매진할 수 있는 것 등이 꿈에서도 바라는 삶이다.

그러나 내가 목격한 소위 '금수저'들의 삶은 일반이 상상하는 것처럼 그리 녹록하지 않았다. 아무리 부모가 안정된 삶을 보장해 준다 해도 생산성이 없는 사람들은 누구에게도 인정을 받지 못해 피폐하고 불만족스러운 삶을 사는 경우가 많았다. 부유함 안에서도 자아를 유지하며 사는 사람들은 그들만의 리그일지언정 피나게 노력해서 본인만의 생산 가치를 만들어낸 사람들이었다. 그 노력을 뒷받침해 주는 여건과 결과물이 평범한 사람들의 것과는 단위가 다르지만, 어쨌든 자기가 노동을 하지 않아도 되는 여건이 무조건 행복을 보장해 주는 것은 아니다. 노동을 하지 않아도 되는 사람들마저 돈으로 환원 가능한 생산성을 갖추어야만 인간으로서 존중받으며 자아를 지킬 수 있는 것이다.

자수성가한 빌 게이츠는 그 점을 잘 아는 사람이었다. 그래서 자식들에게 한화로 100억 원 정도씩의 유산만을 나눠주고 나머지 재산은 기부하겠다고 선언했다. 그러면서 그가 한 말은 "많은 돈은 좋지 않다"였다. 물론 우리 보통 사람들은 평생 10억 쥐기도 힘드니 그 돈이 엄청나게 느껴지겠지만, 따지고 보면 100억 원이란 뉴욕에 그럴듯한 집 한 채 살 수 있는 돈일 뿐이며 흥청망청하면 금방 사라질 수도 있다. 빌 게이츠의 재산 규모를 우리 눈높이에 대입해 보면 10억 원의 재산이 있는 사람이 자식에게 1만 원도 안 되는 돈을 유산으로 물려준 셈이다.

이제 돈을 버는 것이 아니라 자선으로 돈을 쓰는 데 몰두하고 있는 빌 게이츠는 자식에게 자신의 가치를 찾는 일도 유산으로 물려주고 싶었던 것이리라.

독립된 경제 주체로 사는 인생 플랜

좋은 일자리의 부족, 나날이 치열해지는 일자리 경쟁, 그리고 취업을 해도 나아지지 않는 삶의 질. 사회 초년생이 이런 현실에 부딪히게 되면 생산을 하는 주체로서의 자존감 따위는 내던져버리고 싶은 기분이 된다. 여건만 된다면 최대한 나보다 넉넉한 사람들, 즉 부모에게 기생해서 살고 싶다. 생계라는 엄혹한 과제 앞에서 진짜 어른이 되기를 거부하고 싶은 이들이 독립된 경제 개체로서 바로 서고 존엄성과 자존감을 지키려면 어떻게 해야 할까?

먼저 취업 준비생이라면 부모님과 나 자신에게 '준비된 직업인'의 모습을 보여주어야 한다. 밤낮이 바뀐 생활을 해서 부모님에게 늘 자는 모습만 보인다거나 온라인 게임하는 모습을 보이는 생활 패턴을 지속하고 있다면 바꾸어야 한다. 물론 밤에 더 생산적인 일을 할 수도 있고 취업 준비를 하다가 잠깐씩 스트레스를 풀기 위해 게임을 할 수도 있다. 그러나 그런 모습을 보는 부모님은 불안과 한심함을 느끼고, 그 감정은 나에게 필터링도 없이 전이된다. 그건 부정적인 자아상이 굳어지기에 좋은 조건이다. 부모란 자식이 눈앞에서 보이지 않아야 덜 불안해하는 존재다. 그러므로 아침에 일찍 일어나 집에서 나와 도서관이라도 가는 게 좋다.

취업이 어렵다고 해서 아무 일이나 잡히는 대로 하기보다는 자신을 들여다보고 하고 싶은 일을 골라야 한다. 아무리 취업이 어렵다고는 하지만 선택의 여지는 있다. 돈을 벌기 위해 일을 하는 것이니 그게 어떤 일이건 돈만 많이 버는 자리면 좋을 것 같지만, 실은 그렇지 않다. 어떤 일이든 누구에게나 엄청나게 힘들다. 그래서 좋아하는 일까지는 아니더라도 최소한 적성에 맞는 일은 찾아야 한다. 그래야 그일을 지속적으로 할 수 있으며 간혹 몰입의 순간이나 보람도 느낄 수 있다.

취업을 하고 나면 자금 관리는 반드시 자신이 직접 해야 한다. 어리고 금융 지식이 없어서 부모님에게 돈을 맡기는 것은 여러 이유로 권할 일이 못 된다. 일단 통장을 자신이 직접 관리해야 경제 주체로서의 인식을 가질 수 있다. 부모님에게 통장을 맡기는 성인이라면 정신적으로도 아직 독립하지 못했을 가능성이 크다. 경제적 독립―독립된 자아―자존감으로 연결되는 관계 고리에서 시작점이 늦어진다는 말이다. 부모님이 아무리 재테크에 능하다 해도 고작 사회 초년생의 월급에서 떼어낸 종잣돈으로 얼마나 큰 수익을 남길 수 있겠는가. 약간의 이자는 경제 개념을 공부하는 수업료보다 한참 가치가 떨어진다.

통장을 직접 관리하는 사람은 액수가 커져가는 적금 통장을 보면서 꿈을 키우거나 미래를 계획할 수도 있고, 현재의 소비를 조절할 동기도 생긴다. 그리고 금융 지식이 없다고 해서 타인에게 관리를 맡겨버리면 안 그래도 '없는' 금융 지식은 영원히 생기지 않는다. 금융 지식은 나이가 들면서 저절로 생기는 주름살이나 뱃살 같은 것이 아니다. 직접 뛰어들지 않으면 40, 50대가 되어도 금융 백치일 수 있다. 이자가 2퍼센트대일지라도 내가 직접 알아보고 0.1퍼센트라도 더 주는 금융상품을 알아보는 등의 경험을 해보아야 그 과정에서 금융에 대한 관심과 지식이 생긴다. 그것을 바탕이 되어야 현재 내 처지와 앞으로 살아갈 삶이 머릿속에서 꼴을 갖춘다. 그 모든 것들이 내가 스스로 인생을 장악할 수 있는 기본 바탕이 되는 것이다.

게다가 부모님 손에 들어가 있는 통장은 가끔 '사고'를 당하기도 한다. 집안에 급전이 필요할 때 그 돈을 당겨 썼다가 그대로 공중분해되고 마는 상황을 적지 않게 목격했다. 부모가 악해서 그런 게 아니라 살다 보면 그런 일이 생기기 마련이다. 그럴 때 굳이 자식이 맡겨놓은 통장이 없더라도 어찌어찌 다른 해결책을 찾아내게 되어 있지만, 부모들도 사람인지라 손쉽게 끌어다 쓸 수 있는 돈을 두고 기 쓰고 무리하지 않는다. 처음에는 나중에 융통해서 채워 넣겠다는 마음이었겠지만, 그것 역시 뜻대로 되지 않는 게 삶이다. 이 경우가 악질적인 것은 가족이라는 명분으로 한 개인이 독립된 개체로 설 수 있는 기반을 무너뜨리는 결과를 불러오기 때문이다. 가족을 위한 사랑과 염려의 표현으로 돈을 모아 내놓는 것과 미래를 계획하기 위해 모은 내 돈이 내 의지와 상관없이 흐지부지 사라지는 것은 전혀 다른 일이다.

이런 최악의 경우를 대비하기 위해서나, 스스로의 경제적 자아와 그에 따라오는 자존감 문제를 위해서나, 내 통장은 내가 관리하는 것이 옳다.

경제 주체로 걸음마를 시작했다면 조금씩 경제관념을 키워야 한다. "티끌을 모으면 그냥 티끌"이라는 체념 어린 신종 속담은 미래는 물론이고 현재에도 그다지 도움이 안 되는 우울한 패러디일 뿐이다. 열심히 글을 써도 한 달에 1만 원도 벌지 못하던 시절에 몇 년간 적금을 들어 손에 쥔 1천만 원이 얼마나 힘이 되었는지 경험해 보았기에, 지금의 충동을 적당히 양보할 가치는 충분히 있다고 말할 수 있다.

나 자신을 사랑하고 나에 대해 공부하다 보면 어떤 종류의 사치가 나를 행복하게 하는지 알게 된다. 그것에만 돈을 쓰겠다고 결심하면 행복감에 손상을 주지 않고도 돈이 새어나가는 구멍을 막을 수 있다. 시간의 힘은 대단한 것이다. 한 달에 10만 원은 있으나 없으나 삶의 질을 그다지 바꿔놓지 않지만, 10년 동안 생각 없이 모으면 이자를 고려하지 않고도 1,200만 원이라는 돈이 생긴다. 그 돈이 느닷없는 중병에 대한 병원비로 쓰일 수도 있고, 꿈에 그리던 유럽 여행 경비로 쓰일 수도 있다. 더 적극적으로 노력하는 사람들은 산술적으로 계산할 수 있는 것보다 훨씬 빨리 목돈을 모으고 목적을 이루기도 한다.

글 쓰는 것밖에 몰랐던 청맹과니였던 나는 경제관념에 조금이나마 눈을 뜨면서 훨씬 나은 사람이 되었다고 생각한다. 흐릿한 흑백이었던 꿈과 목표에 색이 입혀졌고, 주변에도 더 도움 되는 사람이 되었다. 독립적인 개체로서 땅에 발 디디면서 자존감이 안정을 찾아가기 시작한 것도 이때부터였다. 이 모든 건 현재를 희생하지 않고도 가능한 일이다.

자존감과 경제력을 연결시킬 때 복권 당첨이나 금수저로 다시 태어나는 망상만 후보군에 올리지 말고 통장에서 차근차근 답을 찾기 바란다. 지금으로선 가치 없어 보이는 먼 미래의 그저 그런 보장이 아니라 현재를 사는 당신을 위해 필요한 일이다.

내 처지에 맞는 금융상품을 찾아 가입해 보자. 이율과 만기 등 조금이라도 유리한 조건의 상품을 찾다 보면 경제관념에 조금씩 가까워질 수 있다.

친밀하기에 더 깊은 감옥, 가족

때론 가족도 '벗어나야 할 곳'이 될 수 있다

내가 계속 구두약 공장에서 일해야 한다고 그토록 단호히 말씀하시던 어머니의 모습을 잊지 않았으며, 잊지 않을 것이고, 잊을 수도 없었다.

—찰스 디킨스(Charles Dickens)

셰익스피어에 비견될 만큼 대표적인 영국의 문호 찰스 디킨스는 자칫 평생 구두약 공장에서 일할 뻔했다. 어린 시절 아버지가 감옥에 가면서 가세가 기울자 고작 열두 살이었던 그는 다니던 학교를 그만두고 구두약 공장에 들어가게 되었다. 그가 했던 일은 구두약통에 라

벨을 붙이는 것이었다. 영리하고 자존심 강했던 아이는 그 일이 죽도록 싫었다. 친구들이 공부하고 있는 동안 공장에서 있어야 하는 것도 서글펐는데, 마침 공장이 유리창으로 안이 훤히 들여다보이는 곳이었던 것이다. 아이는 거리의 사람들이 모두 보는 앞에서 책 대신 구두약을 만져야 하는 그 상황에 수치심을 느꼈다.

마침내 아버지가 출옥했을 때 소년은 드디어 그 일에서 벗어나리라 기대했다. 그때 그가 자신의 어머니에게서 들은 말이 바로 앞에서 인용한 내용이다. 그가 잊지 않았으며, 잊지 않을 것이고, 잊을 수 없었다던 그 말 말이다.

어린 시절의 초라한 기억과 상처를 헤집고 싶지 않았던지, 찰스 디킨스는 죽을 때까지 자신의 유년기와 청소년기를 철저히 비밀에 부쳤다. 『올리버 트위스트(Oliver Twist)』 같은 작품이 그의 자전적 작품이라는 평가는 그의 사망 후에나 나올 수 있었다.

그러나 찰스 디킨스는 자신의 발목을 붙잡는 가족의 압박에서 기어이 벗어났다. 어머니의 만류에도 불구하고 학교로 돌아갔고, 15세에 법률 사무소에 취직했다. 그리고 이후 신문사 기자 등의 경력을 차근차근 쌓다가 우리가 알고 있는 위대한 작가가 된 것이다.

사람은 좋건 싫건 부모가 곧 우주인 유년 시절을 보낸다. 제아무리 반항을 하는 사춘기라 해도 부모의 영향력 아래 있다. 이후 혼자 설힘이 생긴 시기에도 우리는 쉽게 부모의 영향력에서 벗어나지 못한다. 이유는 간단하다. 그들이 나라는 존재의 시작점이기 때문이다.

그러나 세상에는 좋은 부모만 있는 것이 아니다. 어디나 이기적이고 미숙한 사람들이 있기 마련인데, 그런 사람들이 그대로 부모가 되는 것이지, 부모감이 하늘에서 뚝 떨어지는 것이 아니기 때문이다. 부족한 사람이 부모가 된다고 해서 갑자기 성숙한 인격을 갖게 되는 게 아니라는 건 깊이 생각해 보지 않아도 알 수 있는 일이다. 어떤 부모들은 자식을 부속물로 보고 자신의 편의를 위해 이용하려들기도 하고, 어떤 부모는 자신의 인생을 꼬이게 한 애증의 대상으로 자식을 바라보기도 한다. 때로는 아무런 이기적인 목적 없이도 자신의 좁은 식견과 편견을 그대로 강요해 자식의 미래를 막기도 한다. 찰스 디킨스의 어머니도 나름대로는 자식을 위하는 일이라고 믿고 구두 공장을 계속 다니라고 말했을 수도 있다.

위의 어떤 유형의 부모건 그 부모는 자식의 자존감에 심각한 악영향을 끼친다. 애초 이 책을 쓴 의도부터가 부모에 의해 잘못 형성된 자존감을 어른이 된 내가 스스로 끌어올리기 위한 방법을 찾기 위한 것 아니었던가. 그만큼 부모는 자존감에 절대적인 영향력을 끼치는 존재다.

어떤 부모는 자식을 '감정의 쓰레기통'으로 이용해서 끊임없이 하소연을 늘어놓으며 부정적인 감정을 전이시키기도 하고, 단점을 계속 지적해 괴롭히며 불만족한 자아상을 자식에게 투사하기도 한다. 심지어 직접적으로 언어적, 물리적 폭력을 행사하는 이들도 적지 않다.

자존감은 선천적으로 낮게 타고날 수도 있고, 친구 집단의 영향을 받을 수도 있다. 그러나 당신이 이제 판단 능력이 있는 어른이 되었고, 낮은 자존감의 원인이 부모라는 것을 알게 되었다면, 하루라도 빨리 그 영향력에서 벗어나야 한다. 이것은 무조건 가족과 인연을 끊거나 이민을 가라는 뜻이 아니다. 어떤 방식으로든 정신적, 경제적 영향을 덜 받을 수 있도록 장치를 만들라는 것이다.

아직 독립할 수 있는 여건이 전혀 안 되어 있다면 무조건 밖으로 나가서 집에 머무는 시간을 줄이면서 독립을 준비하고, 준비가 되면 어느 정도 무리를 해서라도 독립을 하라. 월세가 아깝다고 그냥 견디는 경우가 많은데 가족의 부정적인 영향으로 깎여나가는 자아의 값이 그보다 더 비싸다.

주거 독립에 성공하면 정신적, 경제적 독립을 시작해야 한다. 삶의 결정권에서 부모의 간섭을 단호히 물리칠 수 있어야 하고, 경제적 지원은 당신이 미래를 준비하는 데 지장이 없는 한도 내에서 범위를 정해 그만큼의 도리만 할 수 있도록 태도를 확실히 해야 한다.

전에 내가 알던 한 여고생은 처음부터 대학 진학을 포기하고 졸업을 기다리고 있었다. 그런데 그녀가 취업이 되자마자 일용직으로 일하던 50대 초반의 부모가 일을 그만두고 집에 들어앉는 것이었다. 이제 자식을 다 키웠으니 힘들게 일하기 싫다는 게 이유였다. 스무 살도 채 되지 않은 나이에 갑자기 네 식구의 가장이 된 그녀의 앞날이 암담해져 기함하지 않을 수 없었다.

자존감과 내 삶을 위해 전환점이 필요하고, 그 절망의 원인이 가족이라면 조금 더 단호해질 필요가 있다. 가족은 나 자신과 절대 분리할 수 없다는 생각을 버리고 혼자 설 수 있는 연습을 해야 한다. 그건 어렵고 무서우며 죄책감이 들 수도 있는 일이지만, 반드시 거쳐야 하는 과정이다. 그건 처음에 부모에게서 들을 수 있는 말, '나쁜 자식'이 되는 것과는 상관없는 일이다.

부모와 자식, 서로를 위한 이별

요리에 소질이 있는 A는 전공과도 상관없는 요리사가 되고 싶었다. 프랑스 음식에 관심이 많아 부모님의 필사적인 반대를 무릅쓰고 유학을 떠났다. 부모님은 그녀가 얌전하게 대학을 졸업하고 평범한 직장에 취업해서 동생들 뒷바라지를 해주길 바랐다. 그러나 걸출한 요리사들에게서도 인정을 받고 그들에게서 요리 학교 추천장까지 받자, 그녀는 기회를 놓치고 싶지 않았다. 부모 자식 인연을 끊자는 부모님의 막말까지 뒤로하고 A는 아르바이트해서 모은 돈 200만 원을 들고 프랑스로 떠났다.

유학을 다녀온 후 그녀는 유명 레스토랑에서 수업을 했고 그사이 지금의 남편을 만나 결혼했다. A는 마케팅 전문가인 남편과 힘을 합해 꾸준히 사업을 해왔으며, 나중에는 자신의 이름을 내건 퓨전 레스토랑을 확장 오픈했다. 사실 그녀는 유학 전에 관계가 극단으로 치달았던 것과 상관없이 가족들과는 꾸준히 교류해 왔고 경제적 지원도 해왔다. 레스토랑 오픈 기념식에 가족들을 초대한 것은 물론이었다. 근사한 인테리어에 규모까지 큰 레스토랑에 들어온 부모님들은 눈이 휘둥그레졌다.

"세상에…… 이게 너네 가게라고?"

다음 순간, 그녀의 어머니에게서 이런 말이 흘러나왔다.

"에휴, 네가 결혼만 하지 않았으면 이 가게가 지금 우리 것일 텐데……"

그 말을 듣고 A는 순간 등에 소름이 돋는 것이 느껴졌다. 그리고 이런 말이 나오려는 것을 애써 눌러 참았다.

'내가 만약 엄마 아빠 옆에 그대로 있었다면 이런 레스토랑, 처음부터 없었을 거라고요!'

부모에게서 떠나는 것은 그들을 버리기 위해서가 아니다. 자신의 인생을 세우기 위해서고 그게 장기적으로는 부모에게도 더 나은 일이다. 만약 A가 가족을 부양하기 위해 적성에도 맞지 않는 직장 일을 했다면, A를 비롯한 가족 모두에게 더 이상의 발전은 없었을 것이다. A는 부가가치가 낮은 일을 하며 서로가 만족하지 못하는 수준의 삶을 이어나가다가, 적당한 남자를 찾아 도피성 결혼을 했을 수도 있다. 그랬다면 그 가족이 A에게 그토록 바라던 경제적 지원도 결혼과 함께 끝났을 것이다. 그 과정을 거부하고 그녀가 선택한 길에서 만난 남편과 힘을 합했기에 지금 그녀가 누리고 있는 모든 것들이 가능해졌다. 따라서 어느 면으로나 A의 어머니가 안타까워한 대로의 결말은 결코 일어나지 않았을 것이다.

자식의 선택은 부모라는 입장 때문에 멀리 보지 못하는 부모의 선택보다 훨씬 나은 결말을 낳는 경우가 많다. 설사 그런 해피엔딩을 보지 못한다 하더라도 자식은 자신의 길을 본인이 선택해서 가야 한다. 무엇보다 자신의 인생이다.

부모님이 정해준 인생 스케줄대로 잘 따라가 만족하며 잘 사는 사람들도 있다. 이런 경우에는 판단력과 정보력이 뛰어난 부모가 좋은 길을 제안했고, 본인이 그것을 적극적으로 납득하고 수용한 경우다. 자신만의 비판적 사고 없이 부모가 시키는 대로만 한 사람들은 또 다른 종류의 고통 속에서 훼손된 자아를 안고 살아가기도 한다. 남들이 다 부러워하는 안정된 조건의 삶을 살면서도 아무도 눈치채지 못하는 지옥에서 사는 이들이 얼마나 많은지 모른다.

나는 오래전, 이미 책을 통해 살기 위해서는 부모를 떠나라는 말을 한 적이 있다. 당시로는 파격적인 말이었고, 패륜으로 오해받을 수 있는 충고였다. 맥락은 다르지 않지만 그때와 나는 입장이 다르다. 자식 입장에 더 가까웠던 그때와는 달리 지금은 독립이 머지않은 자식을 둔 나이가 되었다.

한번은 새로 개봉한 디즈니 애니메이션을 보다가 전에는 무감하게 넘겼을 법한 진부한 장면에서 느닷없이 울컥하고 말았다. 주인공이 위험 가득한 망망대해로 떠날 때, 이전까지 반대하던 어머니가 말없이 먹을 것을 챙겨주며 배웅을 하는 장면이었다. 자식을 떠나보내는 게 두렵고 싫으면서도 보내야만 하는 부모의 마음이 느닷없이 들어와 가슴을 치고 지나갔다. 그동안 셀 수 없이 많은 이야기들을 접하며 매번 약속이나 한 듯 고향을 떠나는 주인공들을 대면했지만, 한 번도 그들을 보내는 부모의 입장에 감정을 겹쳐본 적이 없었다. 그동안 나는 늘 신나는 모험을 앞둔 주인공 입장일 뿐이었던 것이다.

이제야 확신하지만, 부모는 원래 자식이 불확실성을 향해 나아갈 때 붙잡고 싶어 하는 존재다. 부모가 본능적으로 가장 원하는 것은 그 어떤 것보다 자식의 생존이기 때문이다. 그런 본능을 거슬러 자식을 그들이 선택한 불확실성의 세계로 내보낸다는 것은 이쪽에서도 하나의 세계가 찢어지는 일이다.

그럼에도 불구하고 나는 부모가 아닌 당신이 선택한 세계로 나아가라고 말하고 싶다. 그게 옳은 일이기 때문이다.

나를 찾고 자존감을 회복하려면 먼저 내가 날지 못하게 하는 것들을 걷어내야 한다. 그게 부모나 가족일지라도 말이다. 부모의 본능이 가리키는 대로라면 모든 이들은 어느 정도 '나쁜 자식'이 되어야 하는지도 모르겠다.

그렇더라도 분명히 말할 수 있는 것은 부모에게 불행한 자식보다는 나쁜 자식이 낫다는 것이다. 부모가 만든 세상의 경계에서 벗어나 진정한 어른으로 거듭날 때 모두에게 좋은 것, 그러니까 '자신을 진심으로 사랑할 수 있는 마음'이 생긴다.

부모가 만들어준 첫 번째의 세상을 깨는 것은 더 가치 있는 삶을 위해 당신이 해야 할 가장 첫 번째이자 마지막 일이다.

 나와 가족의 관계를 들여다보자. 그리고 가족 때문에 희생되고 있는 자아가 있는지 생각해 보자. 그것만으로도 일단 혼자 설 수 있는 좋은 시작이 될 것이다.

알을 깨고 나오려는 당신에게

원고를 쓰는 내내 독자들에게 간절히 하고 싶은 이야기를 담고 있다고 생각했다. 하지만 탈고를 하고 다시 들여다보니 이것은 어린 자아와 끊임없이 충돌하던 나의 이야기이기도 하다. 나이가 들수록 더 편안해지고 있다고 느끼는 내 삶의 모양새는 자존감의 성장과 함께한 것이었다. 내가 더 단단했더라면, 더 용기 있었다면, 그 시간을 그렇게 살지는 않았을 거라는 안타까움이 뒤늦게 읽힌다.

나는 아직도 겁이 많다. 그래서 이전의 굳은 자아를 깨고 성장하는 것이 얼마나 두려운 일인지 잘 알고 있다. 하지만 몇 가지 삶의 장면에서 내가 쥐어짜냈던 용기가 얼마만큼 가치 있는 것이었는지도 잘 알고 있다. 그래서 생각을 바꾸고, 행동하고, 변화시키기를 종용하는 것이다. 내 안에 소용돌이치는 온갖 문제들을 느끼고는 있는데 그것의 정체를 도무지 알 수 없던 시절, 나를 구원했던 방법들이다.

어쩌면 여기서 언급된 모든 것들은 독자들이 이미 알고 있는 것인지도 모른다. 나는 그저 희미하게 의식을 떠도는 의혹들을 붙들어 현인들의 해석을 빌리고 맥을 짚어 정리했을 뿐이다. 그러나 알고 있지만 실은 모르고 있는 것들이 마침 내 필요와 맞아떨어질 때 어떤 멋진 일들이 벌어지는지 우리는 잘 알고 있다.

그런 일들이 누군가에게는 일어나기를 바라며 여기까지 왔다.

자존감, 더 나아가 삶의 문제 때문에 고된 당신이 부디 해답을 찾아낼 수 있으면 좋겠다. 그 과정에서 이 책이 미미하더라도 어떤 계기가 되어준다면 더 바랄 게 없겠다.

2018년 2월, 서울에서
남인숙

여자의 모든 인생은 자존감에서 시작된다

초판 1쇄 2018년 2월 20일
초판 5쇄 2022년 1월 30일

지은이 | 남인숙
펴낸이 | 송영석

주간 | 이혜진
기획편집 | 박신애 · 최미혜 · 최예은 · 조아혜
외서기획편집 | 정혜경 · 송하린 · 양한나
디자인 | 박윤정 · 기경란
마케팅 | 이종우 · 김유종 · 한승민
관리 | 송우석 · 황규성 · 전지연 · 채경민

펴낸곳 | (株)해냄출판사
등록번호 | 제10-229호
등록일자 | 1988년 5월 11일(설립일자 | 1983년 6월 24일)

04042 서울시 마포구 잔다리로 30 해냄빌딩 5 · 6층
대표전화 | 326-1600 **팩스** | 326-1624
홈페이지 | www.hainaim.com

ISBN 978-89-6574-644-7